U0773118

不求完美，但拒绝平庸

云川先生小语一则

複雜時代的簡單活法

董云川 著

云南出版集团
雲南人民出版社

图书在版编目（CIP）数据

复杂时代的简单活法 / 董云川著. -- 昆明 : 云南人民出版社, 2021.4
ISBN 978-7-222-20127-9

Ⅰ. ①复… Ⅱ. ①董… Ⅲ. ①散文集—中国—当代 Ⅳ. ①I267

中国版本图书馆CIP数据核字(2021)第064083号

出 品 人：赵石定
策划统筹：冯　琰
责任编辑：冯　琰
助理编辑：谢筑娟
责任校对：李　洁
封面题写：陈洪捷
装帧设计：胡元青
责任印制：马文杰

复杂时代的简单活法 FUZA SHIDAI DE JIANDAN HUOFA

董云川　著

出　版　云南出版集团　云南人民出版社
发　行　云南人民出版社
社　址　昆明市环城西路609号
邮　编　650034
网　址　www.ynpph.com.cn
E-mail　ynrms@sina.com
开　本　787mm×1092mm　1/16
印　张　12.25
字　数　150千
版　次　2021年4月第1版第1次印刷
印　刷　云南金伦云印实业股份有限公司
书　号　ISBN 978-7-222-20127-9
定　价　42.00元

云南人民出版社微信公众号

如需购买图书、反馈意见，请与我社联系

总编室：0871-64109126　发行部：0871-64108507　审校部：0871-64164626　印制部：0871-64191534

自 序

历史显然由时代连缀而成。三十年为一代，其间不乏“我相、人相、众生相”，十年足以显示端倪。

时代是中立的，本身无所谓褒抑。但凡有人，就特别想按照各自的想法为其涂抹色彩。是故，狄更斯先以伦理判断分成好与坏，后来认定不分了，承认好与坏并存于世；释迦牟尼先以体验的维度细说苦与乐，后来认定不分了，指出一体两面，悲喜同体；维克多·雨果刻画了悲惨的世界，却展现出凡人的浓情与壮美；赫胥黎描绘了美丽的新世界，反而映射出集体狂欢下人性的悲催。当下的标准往往以大小界别之，以大为雄伟，以小为羞赧。于是，艺人称小时代，领导称大时代，结果咋样，未来方知……

时代是时间在空间驰骋、次第展开的卷帙。十年足够细胞更迭再生千万回。在时间轴上，时代被禅宗分为昨天、今天和明天，人的悲剧正是用对昨天的懊悔和对明天的焦虑占满了今天，直搞得今天无地自容；在空间轴上，时代被不同的制度和文化切割为生存与竞争的社会场域，多数人的窘迫在于选择这边还是选择那边，少数人的悲剧却是死到临头依然无法自觉。在行动轴上，积极的体现为“人在哪里，心就在哪里”，中性的体现是“一念天堂，一念地狱”，消极的体现是“人在曹营心在汉”。毋庸置疑，消耗生命于平庸之事就不可能抽身去做有趣之事。常识如此。

宋朝有一则寓言：“某日，释迦牟尼、孔子和老子站在一坛醋前，各自尝了一口。孔子曰酸，佛祖说苦，老子称甜。”孰深孰浅，孰是孰非？沿着著名历史作家巴巴拉·塔奇曼的足迹，黑老兔试图借助“事实证据＋智力活动＋同理心＋想象力”的框架来细细品鉴当下这个独特时代的味道和温度。

十年不短，你活得咋样？千万别用“以后”来支吾，因为以后绝不是你以为的“以后”。

愚昧有两种：一是知道得太少而不知道实情，二是知道得太多却不知道真相。前一种是看不见，后一种是看走眼。过去是什么都不知道，传播途径局限了信息流；现在是道听途说太多，反而混淆了真相。所以准确地说，过去犯错误根子上在于蒙昧，现在冒傻气基本上源自愚昧。

在一个自以为不缺文化的时代，最大的误会在于：只要买得起最昂贵的钢琴，就自然会成为有成就的作曲家；只要提供足够丰厚的物质刺激，创新思想就会争先恐后地涌现出来！《茶书》译者谷泉一语道破：“文化人的态度，决定了文化的高度——有什么样的文化人，就有什么文化”；如今，“在一些问题上，智慧像是消失了，不仅回不到懵懂无知的远古，甚至堕落到糟糕的愚蠢段落里面”。

摆脱新时代的愚昧需要新时代的文化启蒙，而教育，承载着无可推卸的责任。如若基础教育缺位，高等教育失职，就再找不到其他替罪羊了。

一些人以为生命的品质由上面的神来调节，另一些人以为生活的状态由下面的生存条件制衡，更有一些人认为生存的胜负荣辱取决于周边人的强弱。有人只相信看得见的，有人只迷信想得出的，有人只关心拿得到的。从根本上看，责无旁贷，觉悟越早，能量越足，选择权越大。孟子曰：“知命者不立乎岩墙之下。”天无绝人之路，想突围总有可能。

十年转眼掠过，未来犹可期许。时代风云变幻，最好不偏听，不迷信，不盲从——好歹我们读过几本书，斯文在兹，不能只做扫地之用！

2019 年 1 月，当自己的新年寄语写到第八回并发誓即将以“十年”为周期断然罢笔之际，何帆首发了宏大的三十年《变量》系列丛书第一册。他的想法很有见地：“当人们都在讨论哪里是风口，哪里是潮流的时候，我会带你去看洋流。风口不重要，潮流不重要，洋流才重要。”二人的言说缘起不一样，竟然异曲而同工。

酒饱饭足之后，想清楚三组小问题，会有助于理解生命存续的意义，并意识到你的“时间都去哪儿了？”

其一，如果你喜欢音乐，知道把流行存世的经典作品欣赏一遍要花多少时间吗？如果你爱好文学，知道把古今名家小说浏览一遍要花多少时间吗？如果你潜心学问，知道把思想史遗存的著作通读一遍要花多少时间吗？如果你痴迷于茶道，知道把天下好茶泡一遍要花多少时间吗？

其二，静心反省一回，消极倦怠消耗了多少有乐趣的时间？纠结徘徊错过了多少有可能的机会？跟风追潮蹉跎了多少有意义的光阴？

其三，告诉我十年前你用哪一个茶杯，再给我看你现在用的是哪一个茶杯，然后回答我什么时候换这个茶杯，继而打开柜子给我展示一下里面收藏了多少个茶杯，最后别忘了通知我，什么时候这些茶杯才可以重见天日，履职上岗？

以上问题的时间界限如果从十年改为三十年，你以为会有差别吗？如果用一生去回应，你以为又有多少人能够提交出合格的答卷？

结论是：好玩的事情很多但好玩的时间不够呀！突围的可能依然有赖于个体的顿悟和选择。以智觉为契机，以光明当向导，以正言正行做基准，在有限的生命时空里，如果安心秉持“享有”原则，则世间资源相对具足，而倘若始终痴迷于“占有”结果，则必然患得患失，循环争斗永无尽期。

老子有言在先：吾言甚易知，甚易行；天下莫能知，莫能行。

黑老兔觉察在后：愚者挪不动，聪者跑得快，慧者行得远！

日本近代启蒙时期著名的思想家冈仓天心指出：“那些对于跌宕人生不能有丝毫察觉的人，我们习惯将其形容为‘没有茶气’。”

毫无疑问，追求真理是一件知易行难的事情。美国著名学者威尔·杜兰特坦言：“真理无法帮助我们富有，却能使我们自由。”他在《哲学的故事》导言中写下一句让晚辈为之动容的话：“作为教师，我们都不完美，但只要能推动教育事业前进一小步，只要尽心，就无悔于心。我们宣读完开场词，然后退下，无数更优秀的演员将在我们之后登场。”

罢了罢了，杞人忧天，想得愚夫脑瓜子痛，真不如放下——吃茶去！

黑老兔

2021 年 1 月 15 日于蛤蟆山

目录 CONTENTS

2021：渊深鱼自乐 /1
2020：在平庸里打趣 /27
2019：活法 /46
2018：千万别成为时间的笑话 /65
2017：我真的不想说教，你完全可以不听 /86
2016：做个有格调的人 /105
2015：千万别“失联” /121
2014：现象与真相 /137
2013：不得不说的啰嗦话 /154
2012：末世新年之寄语 /168

2021：渊深鱼自乐

一言既出，十载新年寄语今日如约收官。此刻行文，远比马勒创作第十交响曲要轻松得多，他最终没写完整，我反正写不圆满，十全十不美的教育文字故意留与弟子们在往后若干个十年里修补延续。回眸思忖，说啥都不能再说教，不如就近聊聊我养的鱼儿。否则，刹那鱼生，无以存迹。当下，沏一壶“自在深山的茶”，眺一眼“自得其乐的鱼”，辨一回“自以为是的育”，再解一番“自欺欺人的愚”。

起手一偈：十载探求未究竟，一弦文脉仍在搏。

鱼·混沌自乐

我家门前挖了个鱼池，七年前朋友将垂钓来的九条巴掌大的红鲫鱼放生其中。次日兴冲冲往市场购得十余条同款鱼儿，凑齐二十四乾坤之数，是为第一批“原住民”。三年前又有朋友送来五条硕大的锦鲤，汇入其中以加强领导班子建设。不经意之间，竟衍生出若干代中小鱼儿。这些冒出来的新生代，既有红色传承，更有多种色泽变化，有的白黄相间，有的纯白，有的纯黑，五花八门。自然演进出乎意料，结果落得今日一池游弋的生命，热闹似魏晋南北，足以世说新语。

不论大小种类，鱼鼓着眼睛的表情总是像开会的人一样认真且同步，它们会不会笑不得而知，然高兴与否、情绪如何，身姿毕现。小鱼嬉游，蹿来蹿去全无章法；中鱼畅游，泳姿得意尽展风头；大鱼傲游，威严似二战时德国的 U 型潜艇，由不得谁不重视，亦如领导在漫步之际还在为池塘的未来操碎了心。我以为，在同一汪水域中，大鱼快乐，小鱼也快乐。但是惠子似乎不同意，他严厉地指出：子非鱼，焉知鱼之乐？

鱼池的生态平衡取决于许多因素，包括水质养分、优胜劣汰和外敌入侵。我家鱼池与众不同，浑水一潭，鱼们穿梭其间若隐若现，无法看透。其实为了洁净水质，起初也同步安装有循环净水系统，但一直未启用，是先哲关于“水至清则无鱼”的论断一直困扰着我：不知道鱼儿是希望我作为乔治·奥威尔《1984》里的“老大哥”那样天天盯着他们；还是像扎米亚金《我们》中的 D–503 一样，不能自由地爱上 I–330；抑或进入赫胥黎的《美丽新世界》，统一用万能的“唆麻”来促进不同个体的快乐。说到底，鱼儿肯定更乐于逍遥自在而仅只是在愿意翻腾作秀之时让我们看一眼罢了！

与此同时，鱼儿相互之间是否和乐，有无内讧或者有组织地开展活动，外人当然无从知晓，也无法控制。鱼一旦生育，绝不似人类可控的一胎、二胎的事，而是以千或万为单位计数的呀。显然上帝已经在后台做了最好的拣选，所以才在管控者并不知情的情况下精准平衡了群落的生态。另外，即便是相对安全的小院池塘，外来侵扰也时有发生。偶见鹭鸶站在附近的树梢对着水池“鸟”视眈眈，还会有野猫流连池边凝望垂涎。此时，我就知道大事不好，断定其中一些鱼已经被它们弄到另一个世界去了。即便如此，池内依然生机勃勃。那些得以存续的生命要么是命好，要么是躲得快，要么是能力强，总之池内形势目前一片大好。

鱼儿离不开水，关键在于水的度量。渊深鱼自乐，原阔马如飞。

育・启蒙自度

人工池塘有如人造学校，条件可以把控，生长难以限量。换言之，如果把池塘比作学校的话，养鱼人和教育者需要创设环境（校园），调控水质（文化），提供食物（课程），而鱼儿（学生）的生长终归是它们自己的事情。一览无余的鱼池到底是看的人得意还是被看的鱼高兴？精密规制的人生筹划到底是家长满意还是孩子愿意？标的明确的培养目的到底是教育者一厢情愿还是受教育者被动适应？

教育如水，老子训曰：水善利万物而不争。我们似乎没听进去，所以当下学校无处不争、无所不争、无时不争。学校如一泓池水：有局限，有淤泥，有内涵，有空间；也有意外，有例外，有天敌，有惊喜——本来如此。就人的生命历程而言，一切皆有可能。教育的魅力尽在为个体生命成长的不确定性提供恣意生发的空间，这个过程充满了创造的惊喜以及变幻的魅力。如果教育舍弃了多元多彩的过程而专心指向整齐划一的训练活动和解题技术，深陷于打造讨巧工具和加工生物产品的事务，那么大学就无异于供应链上的流水线，一批批推送到社会系统中的执业者大都似可以被人工智能轻易取代的螺丝钉。再往后，教育的架构再大也无济于事，在数码领地里，人工智能才是真正的老大。

物质世界的演进到底有没有规律？人类社会的发展到底有没有逻辑？道理似乎不言自明。既然科学家可以见微知著，艺术家可以一叶知秋，哲学家可以毫厘知天下，那么，谁又能肯定井底之蛙一定是错的呢？当我们把意识延展到家门之外、国门之外，沿着达·伽马和哥伦布的划痕，越过哥白尼、伽利略的眼界，跳出老庄和释迦牟尼的认知，再进入哈勃望远镜所能够捕捉到的太阳系、银河系直至推演出来无量无边的宇宙，你还以为作为个体的自己或者作为整体的人类是至高无上的吗？苦海无边，回头是岸：喂鱼是对的，规定鱼的泳姿是不对的；长辈对下一辈的爱是对的，但溺爱是不对的；上级对下级的鼓励是对的，但控制是不对的；老师对学生的打磨是对的，但打造是不对的。

千万别以为抗日神剧的台词是无心之过、无意之举。军官动员战士说：“同志们，抗日战争已经第七个年头了，还有最后一年，一定不能放弃。”调笑之余更揪心的是，同样的语式泛滥于今。教育界无不群情振奋：通过三年、五年或十年的建设，一流学校必将建成，一流学科即将孵化，一流学者行将横空出世。只要有决心，国际一流唾手可得；如若不行，就拿下国家一流；如若未果，就上省市一流；如若泡汤，就拿县区一流；最后，好歹要弄个乡镇一流。反正一流目标总是可以实现的！

教育何至于此？南辕北辙而已。我始终认为，以指标为目的的教育发展或学术建设相当可疑。无奈的是，指标这玩意儿居然在近年内登堂入室占据C位成了决定教育命运的核心向度，而且欲罢不能。

好学校当然具有某些数字上的特性，好教育当然也离不开一些共通的评判标准，但是不能倒推逆求。千万别以为一旦凑齐了某些数字或达成了某些指标，就自然能够成为好学校，也可以提供好教育了。高品质教育有好的指标表现，但好的指标未可等同高品质的教育。正如以梦露为标准的整容，有可能整得像，也可能整不像，即便整得像，她也不是那个浑身上下都散发着性感的玛丽莲；更严重的问题是，整出去容易，整回来便绝无可能。以梅贻琦为标准选拔大学校长，结果可能有也可能没有，即便找出一个，肯定也不是当年那个外柔内刚、负重前行的意气书生。以梁漱溟为标准培养大学教授，可能如愿也可能落空，即便身高体重相符，也很难复制出当年那个刚正不阿的大儒。以此类推，以牛顿蹲守的苹果树为基准建立的实验室也许会砸出一堆反科学的研究成果，而以居里夫人为带头人组建的科研团队有可能吵得天翻地覆而渺无成就。年薪以百万计当然可以聘到像爱因斯坦那样的人，问题是，真的爱因斯坦只向弗莱克斯纳开价三千美元；一千万可以创建个重点人文基地，问题是，有思想的人文学者不知道怎么合理地使用这些钱去做田野调查才可以报账；一个亿可以打造出冲击诺奖的前沿实验室，问题是，那些个获得诺奖的科学家都是献身科学的愚痴之辈，而非坐拥一流设备、乘头等舱到处宣讲的既得利益者。

果然是，东施效颦不识途，背道而驰以为真。佛说因果律，我们如果天天紧盯着别人、他校取得的成就（果），却偏偏不关注也不愿意效仿他们为教育或科学所投入的生命体验（因），而且，还言之凿凿地创建出一套自以为是的理论体系——他们的成就是事实，我们的做法才是经验。岂非悖论？抑或是新版的天方夜谭。

世界尚未圆满，因此才需要思想者和科学家的修正与推动。认识世界需要觉悟，改变世界需要实力。罗素说："人生下来的时候只是无知，但并不愚蠢。愚蠢是后天的教育造成的。"弟子们面对着变幻莫测的世界，千万别读成个假研究生呀。教育充满灵动，务须明辨、慎思、笃行。研究的第一步是发现问题，没有问题意识钻不进去，没有阳光心态逃不出来；问题纠缠不清会被淹死，问题无法解决会被气死；有心无力难免浅尝辄止，有心无胆只得避实就虚。而今，还有多少大学人记取了“懂吗，会吗，敢吗”的校长（张含英，1948）三问？

匹夫无能，一生只能做一件事。你是鱼，就好好在水里游弋；我是老师，就专心在课下汲取智慧，在课上交流思想。往后，弟子们还愿意和师父联手，一起去证明“一个人走得快，一群人走得远”的常识吗？

愚·去蔽自知

多年前，我为“水至清则无鱼”对了一个下联，“人极明则寡乐”。此处的明接近“聪”，聪明没错，极“聪”不是“慧”，而易变为另一种“愚”，因而与“觉悟”无缘。现实中许多人真的是活得寡淡、无趣且不自知。太过聪明的人精于算计，在生命的天平上盘来盘去，有时候打拼一辈子，却落得个反被聪明误的结局；聪明的学校争先恐后，通过指标生存链上的左奔右突，在短期里决然上位，时过境迁之后却难免偃息旗鼓，盖因不能适应教育发展规律和人的身心成长法则而终将消弭在历史的长河之中。

原以为人类已将蒙昧封存进历史的篇章，远抛于现代文明之后，现在才发现新时代的人类绝对不乏蒙昧之举，进而意识到未来的教育尚需要担当起去蔽启蒙的功能。蛮荒时代的“愚”人人戒备，所以国人尽知“万般皆下品，惟有读书高”的训诫，自觉以新文化抵制封建余孽，旨在获得新生；而新时代的“愚”个个乐享其中，因而危害更深，以至于耽溺而无法自拔，更遑论以超然的警觉反观当下的危机。台湾漫画家八耐舜子告诫，不要和猪谈理想，猪只关心饲料。

世界原本自然，教育原本宁静，由于聪明人太多，兴风作浪，破坏了自然，干扰了宁静。2020年，细微无痕的新冠病毒扰乱了强大的人类世界。宅家半年，感慨良多：原来以为有价值的某些事情其实不做也罢，而原来计划未来再做的一些事情看来更有意义而必须大幅度提前。否则，就来不及了。

启蒙分三层，先有觉察，继而觉悟，然后觉醒。醒来才发现，健康人生不过如此——向上、向前有探求的意愿；向后、向下有平常心托底。而接下来少不了知道体道的实证。修炼的第一步是回避（知其不可为），第二步是正视（知其可为），第三步是我行我素（为无为），最后一步是笑对一切（知足感恩）。如此观照，人就三分其一了：一种盲从盲信，苦乐皆无知；一种明知痛苦而不能自拔；还有一种知苦行乐，朝向光明。其一是盲目乐观，其二是盲目悲观，其三是选择性乐观。流行段子千千万，愚独钟爱这一款："两哥们儿久别相聚，甲调侃道：'你咋还活着？'乙回答说：'我一直忙着玩，还来不及死呢！'"

看懂了《金刚经》就会知道，人乃世间微尘沙粒，沙粒的困顿也许来自恒河，但恒河的走向不因一粒细沙的生灭而改变。我们误以为世界的变化与自己相关，是故徒生烦恼；其实是我们的反应与世界相关，所以可以选择去应对，可自救，亦可度人。没有完美的世界，过去没有，以后也不会有。只有实存的时空切片，精彩与否，有赖于个体的抉择。睿智的漫画人咖啡豆题图示意：遇上歪鞋，选择光脚的越来越少了。

启蒙永远不迟，生命从来都在有意与无意之间徜徉。为师信念，始于梦想，化入言行，无形无相，充盈一生。未来，如何才能够在复杂的世界里持守纯真？有一点十分肯定，舍弃了有温度的生命孕化过程，数字化的导向和价值标的危险至极。

如果有人始终把自己拴在“目的”这棵稻草上的话，迟早会发现：错过是实，未达必苦，实现为空。

“2020年学术界，以师娘很美开始，以康德很烂收工。”再往前，好莱坞根据真实事件改编了一部电影《老人与枪》，其中有一句绝妙的调侃台词：“抢银行不是谋生，抢银行本身就是生活。”为师当下大悟——喝茶不是谋生，喝茶本身就是生活；从事教育不是谋生，教育本身就是生活。

举凡垂钓投下的饵料都很诱鱼，上钩不上钩？自己决定，赖谁呢？！

后疫情时代陡然降临，好在我们赶上了一个好时代，水足够深、面足够广，容得各自驰骋游弋的空间。往前看，总有更多让人期待的由头和更好玩的事情，我们随时可以重新开始。

十年寄语起笔于玛雅预言将至之际，落墨于新冠病毒尚未斩灭之时，看来又应了自己常说的一句话：一切偶然皆是必然。隔天又是元旦，面对偶过的乌云，我心光明依旧。十载寄语执着于教育理想，三千六百五十天纠缠于大学精神。如今决意罢笔，顺便斩断二千烦恼丝（佛意为三千，无奈存量不足）。

回头一偈：与其固守三分荒地，不如拥戴一抹霞光！

…张琪仁

十年前，对于“黑天鹅”“灰犀牛”的预判还不如当下急盼；十年前，大多数“打工人”还眼巴巴地盼望着“出圈”；十年前，“内卷”还没有如此刻一样让人“蓝瘦、香菇”；十年前，老师理想得像一个仗剑天涯的侠客，那把镌刻“大学精神”的佩剑闪闪发光，学术江湖上名声赫赫……

十年前，我预设了老师“六十岁的演唱会”，说：“返场的桥段虽然您不喜欢，但学生们还是会久不散场，一直安可……”老师回答：“大可不必，适可而止。”今天我又说：“您的现场报告犹在上演。您虽去意已决，观众们依然恋恋不舍……”同样的场景，在老师坚持一个纯粹的学者身份时，如出一辙！在“一息尚存，从吾所好”“不要停止感动与思考”的叮嘱里，学生更加明白老师“拒绝返场”的决绝，也更理解“即止”的智觉、定力与不舍。

十年，于高教研究而言，老师是一个心怀赤诚、勇敢发声的学者；于学生而言，老师是一个“让树向上生长、让云自由飘动”的牧羊人。

中外教育原理的教材浩如烟海，但无论哪个版本，总在开篇讨论三个基本问题：教育是什么——历史与形态，教育为什么——目的与功能，教育的对象是谁——人性论基础。一转眼，自己也从事教育研究好几年了，却始终记得老师那句让我心头发烫的话：教育，无论学术研究还是实践行动，都是有底线的，底线就是人呐！

前几日，老师截去了一头烦恼丝，变装亮相，持续“清净”而“光彩”。多年前那个仗剑走天涯的理想主义者，用另外一种方式，抖落风尘，热情不减，岁月无痕！

…周　宏

十载新年寄语的各种隐喻中，所受触动最深的，当属今次的池鱼意象。有趣的是，在长久的兜转之后，在终于稍微能够捉摸到师尊字里行间的洞见、挚忱和至境的一丝一角时，以往一知半解乐于回应的雀跃却不见了踪影，只余一番“此中有真意，欲辨已忘言”的愣怔和木讷。

事实上，每一次老师在用心用爱谈人生全部、教育全局、世界全观的时候，我偏没头没脑不管不顾地一个猛子扎进去，冲碎整全，盲目揪取自己手旁眼前易得显见的“鸡”零“狗”碎、“鸟”语“猪”踪，不经努力、不假思索，一叶障目，对细微毫末纠结不已，劝不听，拉不住。视野越狭隘，目光越短浅，越振振有词，越觉得真理与自己同在。所有不求甚解的方式都可以被提供为一种选项，所有模棱两可的作答，都可以视为有效表态，但并不代表作答者可以就此心安、从容处世。这个世界不是只有黑和白，还有漫长的灰色过渡带——这话仅在看待外物和别人时可以蒙混过关，到底是看客心理；事实上，生活中每个选择的当口和节点，我们都要独立地做出确切选择，要么向黑要么向白，必须有自主姿态——没有“弃权”选项，因为人生不能代理，也没有暂停键可按。如果选不出来，就剩下无法自洽或就地自燃。

所以，“对”的头脑还只是为学为人的入门基准，远远不足以提供令人乐享幸福的可靠保障，而有能量的心灵不可或缺。可见，内心充满能量，并能给学生的心灵注入能量的老师才是真正有伟力的明师。恩师十剂的连环良药，终于对我的顽症起效，猛然发现：对“情”“关系”这些教育的要素，自己从前只是理论上的赞同和理智性的推崇。方才初步自主剥离出一层理论包裹着的个中况味：教师的“情”，关键不在于认识和意识，不在于接受和执行，甚至也不在于是否得到了学生回应，不在于师生互动是否和气热络，而要追问追究有没有心灵的能量源源传送，是不是为学生的心灵注入了温暖的能量，从而令他们的生命也能发热发光。在“空心病”泛滥的时代，不是老师的“目光有钙”，孩子就能体魄强健；不是带领学生“心灵抵达”过，他们的灵魂就不会再流离失所。老师应该自己首先是颗恒星，同时让学生也都成为恒星。

不是理性地认同，而是不假思索地行动；不是费力地去爱，而是婴孩般的拙朴流露……多么懈怠就多么进取，多么大条就多么用心，多么计较就多么豁达，多么苛责就多么热爱……高山仰止，十年寄语，都是师尊对弟子全部生命和生活的加持。

…刘　爽

这一年社会波澜起伏迎接疫情“大考”，我则循规蹈矩应对就业“小考”，走出“象牙塔”，成为“社会人”。

三年前因兴趣与教育学结缘，发现教育真是一件浪漫的事。无论是雅斯贝尔斯关于树与树、云与云、灵魂与灵魂的关系论断，还是师父在谈茶论道时提到“教育就像播撒种子，你不知道将来这些种子会在何时何地生根发芽”，课上课下带给我的尽是善意的自然流露。在无垠的宇宙中，原本独立的生命体通过教育的力量帮助彼此自我实现，这一缕温暖让生命独立而不孤独。回望三年来的学习成长，对教育的抽象理解转换为我的生活态度，虽未从教，却也努力效仿师父播撒善良。“付出不为回报，但付出必有回报”，这是初入师门时领受的教诲，从此作为个人的处事信条，并因之而收获了对生活的热爱。

有幸我的成长脚步能与师父的十载寄语产生交集。是年，正式踏入社会，“渊深鱼自乐”的训诫让我对未知多了一份笃定。

…林敏儿

时光倏忽，师父十年寄语，百般不舍，还是不得不接受乐曲的终章。十载春秋笔墨，化作过往的浮云晚霞，谢幕了旧日，又点亮了新年。告别过去，用西南联大外文系教授冯至的话来概括，“我们曾经，共同分担了一个共同的人类命运”。

当恐惧与隔离变成日常，鲜活生命成为冰冷的数字符号，人们从科技文明的美梦中惊醒，字节代码堆砌的自信与幻想被失控的局面击溃。原来，达摩克利斯之剑一直都悬在人类头顶之上。不过，在这充斥危机和困境的场域中，渐为原子化的千万个体开始渴望靠近、相触，尝试碰撞出光热星火以照亮黑夜。疫情笼罩下，人与人之间的物理空间被隔开，而心理距离却得以缩小；脸上挂起的口罩遮挡了半副面容，但内心的口罩被慢慢卸下。

生活仍在继续，庸人依然会自扰。后疫情时代，“未知”“无常”“不确定”成了恐惧的代名词，“安身”“求稳”“可掌控”是当前重要的命题。从2020年国考、事业单位招聘情况中能窥探一二，清北复交的学霸跻身其中，人数比以往多得多。他们放弃私企年薪、出国留学，成为第一批“只在乎稳稳的幸福”的“幸存者”和“预言家”。

选择本身没有对错之分，只怕如谢默斯·希尼所说，“你不在此处，也不在彼处；匆匆忙忙中，已知和未知都会被错过”。

实际上，庸常焦虑如莫比乌斯环从未消失，人类也未有片刻远离各种风险的威胁。历史恒河有不为人意志改变的流动秩序，千亿沙数的我们尽管去接受水的洗礼、追逐风的脚步，探究人间百态的好奇。

“梦为鸟而厉乎天，梦为鱼而没于渊”，师父十年收官之作以鱼儿作喻，取逍遥自在的意象，是对徒儿们最深情、最深远的嘱咐。师父命题“渊深鱼自乐”，那我唯愿“心宽人自得”。

…王顶明

出乎意料，董老居然从人工池塘里生发出对人造学校的深刻反思，通过对养鱼的观照引申至育人的忧虑，独辟蹊径地展现出他一以贯之的学术良知和教育情怀，有高度、有温度、有深度的思想文字如涓涓细流，源源不断，滋润我心。自2012年的《末世新年之寄语》到2021年的《渊深鱼自乐》，持续十年痴心未改，从思想深处涌出的字句深入浅出、亦庄亦谐、生动传神，不仅感召弟子，更令同道中人掩卷深思。

直到寄语收官之际，老师还不忘敦促弟子们延续文脉、探求究竟。作为一条十五年前慕名投向西南师门并自得其乐的小鱼，此刻感慨万千，心里话太多竟不知从何说起。

老师强调，教育的魅力尽在为个体生命成长的不确定性提供恣意生发的空间，这个过程充满了创造的惊喜以及变幻的魅力，可能性无处不在。

就我个人成长而言，这种可能性真真切切始于十五年前结下的师生情缘。入学那一年、开学那一天的情景恍在昨日。随后三年，正是在董老宽松自在的育人语境中和乐观积极的情态激励之下，弟子自由游弋，勇往直前。回顾自己读硕时接受的教导及一直以来的师生交往，老师始终以其特立独行的姿态和言行践行着大学之精神，诠释着教育的无穷魅力，体证了“一个人走得快，一群人走得远”的事实。

所幸当年耳提面命的机缘，延续至今还可以持续不断地从师门的友情互动交流中汲取精神的滋养。这种导生之间的亲密和互助独一无二，这种原生池塘的养育过程，充分体现出了一个真性情学者的别样风采。

老师放心，弟子仍将砥砺前行。

…尹晓慧

庆幸赶在师父新年寄语收官之年跨入研究生学堂，更幸师父纳我为徒，入得师门，短短半年已惊喜连连。师父的人生辩解和生活宽度，师门的温暖关心让我着实感动。从实“鼠”不易到“牛”转乾坤，是个好兆头。

“威武雄壮的公鸡”“俊秀乐活的蛋蛋”“聪明绝顶的鹩哥”“混沌之乐的鱼”，你方唱罢我登场。真心羡慕这些奇妙可爱的小动物选对了邻居，活出了各自的模样。而我，依旧彷徨于变幻莫测的人世间。

自由是用心体悟的珍品，何时才能实现？呱呱坠地的小婴儿看起来自由，质朴自然，是未经打磨的“原生态”；而成长的过程必定不自由，需要融入群体、进入同质化的社会圈套；而努力的方向是摆脱桎梏，复归天性。知易行难，只得先努力拼搏，出类拔萃以后再说。

既然选择了研学，读书要读够，做事要到位，学习和处世务必尽力而为，“定数”靠天意，“变数”靠自己，主观能动性怪不了别人。既为教育学子，需要学习真知识，钻研真学理，提出真问题，保持阳光的心态去发掘自己作用的有限空间。

新年到了，愿为我的自由之梦——喜乐豁达、潇洒洒脱而奋斗。好在师父常在，间或可以接应棒喝！

…冉雪丽

入滇半年，所幸有二。一幸得入师门；二幸得以承接师父收官寄语，赶上了笔谈机缘。初入师门，师父再三叮嘱："千万别读成了假研究生。"此话如头悬警钟，须臾不敢懈怠。研究生有真假之别，孰真孰假、假真真假首先由自我丈量，最后由社会检验。环顾以往，常省吾身，理乱回正。

研究生者，各有各的真法，非数字指标可以丈量。真研究生离不开一些共通的评判标准，但是不能倒推逆求。没有觉察，何来觉醒？

真者，各真其真；假者，众人一假。吾等鱼儿，已身在池中，水质稳定，生态平衡，且不论池之工拙、水之优劣、态之高下，鱼儿当寻时觅处以求自由翻腾、驰骋生长，此乃鱼生哲学。思忖之时，耳畔响起师父的话："没有问题意识进不去，没有阳光心态出不来。"我静研读、乐探究、求创生，志兼善天下，力化作言行，充盈一生。然我于天地如蜉蝣，渺如沧海之一粟，问题可能将我淹没，矛盾也许无法解决，那又如何？大可一试！若不及此，任它千山雪落，唯愿善守吾身，也不枉来这世间一遭！

…刘　静

转眼新年已至，决心放下手中困扰我半年之久的圣人哲学，师父在家里聊鱼，我选择出去爬山，体验一把"山高人自悟"的畅快之感。

在大理苍山山腰攀爬辗转了两个多小时，一路上风花雪月，云鸟山海，天阔地方。而下山之路从来都只有一条，目标锁定山脚，沿着人为修建的石板路准能到达。路上不乏精心设计的“自然景观”，处处迎合取悦。除此之外，开放的通道入口皆被钢丝铁网封死，配之以“此路不通，尚未开发”的警示语，凡遇此告，不得不落荒而逃。

山中之人寥寥，感叹此秀色灵山时竟也无奈于“云深不知处”的困顿，败兴于“自古华山一条路”的枷锁。

教育研究者众多，教育天地广阔，却也如困山中。一如老师所说，教育中的“人”何在？教育的“生命”何在？何处可觅？如何觅得？如今教育中的“人”越发模糊，格式化的教育甚嚣尘上，缔造了一条“美不胜收”的下山之路。有人沿路而行，有人困顿其中，有人则力图拆解钢丝铁网，各取所需。前方荒地也好，坦途也罢，下山之路本来不只一条，教育解困之道亦复如是。

人生过客，各自探路而行。其间少不了潘光旦先生提到的四种陷阱：“流放、胶执、消沉和澌灭。”一路奔到山脚，寺里的匾额早已挑明真相：“一笑皆春。”

有幸赶上最后一篇新年对话。感恩老师圈点出意象中温暖广阔的鱼塘可以栖身，徒儿定当持守个性而不尖锐，保有勇气但不鲁莽，紧随老师一起去温润世界。

…冀　凡

跨年前几日照常在师父的办公室里蹭茶吃，念及新年寄语，与同门打趣说：狗儿鸟儿公鸡已被师父写了个遍，不知道还有啥动物可写？于是我们齐嚷着要师父爆料。师父云淡风轻地说：“还在肚子里搅合呢。收官之作，难写哦。”唉，师父舍得，我舍不得。

后来看到师父那句“鱼儿离不开水，关键在于水的度量”，忽然想起了我年幼时养的几只小金鱼，刚从河湾里捞回家时活蹦乱跳的，我把它们养在透明的小鱼缸里，又给鱼缸注入满满的水，生怕心爱的小鱼儿们游得不够畅快。一夜醒来，却发现它们竟然先后蹦出鱼缸，奄奄一息了。原来，给鱼缸注满水是爱的举动，却未必带来好的结果。由此而理解了师父的收官之举，把观点说出去是表达，把想法收回来是适度，收放自如更是真功夫。

生命拼图上有许多这样的故事碎片，每个碎片有不同图案，带着不同色彩，构成了一生的图景。正是这些看似微不足道的瞬间，促使我们回味，并深切感知成长，诚如师父所言“所有偶然都是必然”。

其实这一年，感受最深的是确认了自己并不了解自己。以前，本以为自己既坚定又洒脱，因为身体健康、学业顺利、拥有父母的绝对支持、生活中的一切有条不紊，也一度觉得自己可以很笃定地对未来的道路做出抉择。直到疫情居家，惯性被打破，不再被家长、老师、同龄人推着走，面前出现了大片的“自由”时间后，才逐渐发现了自己优柔寡断、容易依赖、缺乏自律等一系列缺点。所幸“圈套”尚未收紧，挣脱还有机会。

要毕业了，我站在象牙塔的门口小心踱步，有憧憬也有畏惧，生怕走错了路。师父的警句萦绕耳际：“表面上学的是知识，实际上修的是觉悟。”有的人开悟很快，点拨三言两语，就能觉醒；真遗憾，我离修得“智慧”还有十万八千里，幸得师父真传，保有阳光心态。觉悟修得慢就修得慢吧，不停反思就好；走得慢就走得慢吧，沿途风景正妙。

…林苗羽

上半年才读罢师父对文科博士教育之省思，下半年就成了读博大军中的一员，转而跟随另一位大咖继续钻研学术。虽然博士求学生涯已经步入正轨，还是不时想起师父的警示文句，随时提醒自己摆脱平庸，努力成为一个真博士。新年钟声敲响之前，满心欢喜地看到了师父妙笔所生自在畅游的鱼，无比治愈。

学术之路寂静，读博的现实也会孤独。2020年，微博上有关博士的高频词关乎秃头、抑郁、自杀，似乎坐实了博士这一令人畏惧的人设。仔细想来，为学之人虽身处知识爆炸的年代，但仍然难免被平庸挤入困局。人类的境况何其相似，只因迷途而不知返。师父常告诫："人只能自我救赎。自度于心智的泥潭，解救于周边的生命。"静心研读，学会自乐于获取知识的过程，拾梯而上，以读史阅世丰富心灵，自得于学海之中。

追随师父修学四载，有一金句成为我面对未来挑战的万应灵丹："所谓真人，是那种能够面对黑暗，内心依旧光明的人。"徒弟们就像鱼儿一样，是选择沉湎在一个环境舒适、绝对纯净的玻璃缸里生活，还是选择畅游于深渊，在清与浊的交替中还可以保持内心静穆和自乐的心境？显然，这就是摆脱平庸困局的分水岭。巴赫金说："我们面对的是一个喧哗的时代。"现在看来，的确如此。现实生活喧嚣，唯有回溯灵魂才有皈依！

2020年最后一天，金陵城内晚风清冷，月亮皎洁。虽然一个人的跨年夜显得寂寥，但是师父的寄语裹挟了暖暖的星光，继续伴我成长。

…常楠静

自2012至2021，师父的新年寄语信手拈来身边的小动物加以调侃，折射出天地万物中蕴含的朴素哲理。在自以为高度发达的今天，人类社会看似无所不能地改造着世界，但其实，世界依旧遵循着它最原本的运行法则，自然而然。万物如此，教育亦然。

教育的本来面貌是什么？作为一名回炉再造的学生，同时也作为一名教育工作者，双重身份的疑惑常常在“学”与“教”之间来回转换而未得善解。直到看见师父办公室墙上挂着“上课比天大”的一幅书法，直截了当、直指人心、发人深省，这不正是大学的第一要务吗？这不正是教师的头等大事吗？可试问在当今的大学校园里，有多少老师能把上课看得比天大？有多少管理者把学生看得比天大，又有多少所谓的教育工作者把教育看得比天大？如果离开了外部的强力规制与明确的物质激励，当下还有多少人愿意心甘情愿地选择从事润物无声的教育事业？

“天下熙熙，皆为利来；天下攘攘，皆为利往。”世人皆为了各自的利益疲于奔命，“公知”在世俗的重压下不得不为了“五斗米”而折腰，“青椒”在生存压力和职业焦虑的夹缝中踟蹰前行。人们所关心的“教育”和“学生”往往是课题研究中的抽象概念，而不是现实中的生命动向。保罗·约翰逊在《知识分子》一书中揭示，知识分子关怀最高尚的人类理想，但他们热爱的是抽象的人类，而不是具体的人。在面对具体的人时，他们依然是残忍的、极端的、自我的。

小和尚问老和尚：“修行的秘诀是什么？”答曰：“吃饭的时候吃饭，睡觉的时候睡觉。”又问：“那和普通人有什么区别呢？”再答：“普通人是吃饭的时候想着睡觉，睡觉的时候想着吃饭。”大道至简，教育修行无非：上课时认真上课，如此简单；用真心换取真心，如此困难。舍此无他。

…曾金燕

师父的笔墨总是个性飞扬，出乎意料。以鱼喻育同时解愚，当中的“体验”“觉悟”“乐”等关键词发人深省。

“体验”是教育的重要环节，它侧重于人的感性，而“觉悟”则是蕴含着理性洞见的体验。教育不能脱离学生作为感性存在这一基本事实，否则，一切知识、能力、意义等的叠加都是没有温度、没有个性的外在规约。“乐”是学生教育体验的重要维度。从一定意义上来说，教育的发展水平可以用学生体验到的“乐”的质与量来判断。不过，这里的“乐”不能狭隘化为身体上的舒服，不能理解为单纯物质上的满足，也不是指过滤掉矛盾、困惑、焦灼、痛苦等相反相成因素之后的浅层适意，而是作为生理、心理、灵性等多维度、多层次矛盾统一的“整体的人”之“乐”。学校教育是个体社会化的必经阶段，教育的目的应包括为学生一生之“乐”奠定基础，让他们最终成为“乐”在人生之中的人。然而，个体是千差万别的，成长过程是千变万化的，精神体验也是异常复杂的，任何教育的具体目标和规则的制定固然有其存在的必要，但也要常常反思这些目标与规则的合宜性，即它们是否适应于培养懂得“乐”、创造“乐”、发展“乐”、享有“乐”的学生这个根本需要。

古代的教育思想很强调“乐”的体验，影响深远的“寓教于乐”教育观便是明证，但是，在当代的教育理念中，这种教育观似乎没有得到继承。脱离学生体验尤其是“乐”的体验的教育实践并不少见。一些教育者将“乐”当作个人主义的异物来看待，以为强调学生之“乐”会让学生陷入享乐主义的“独乐乐”之中，而将天下为公的“众乐乐”抛诸脑后。实际上，“独乐乐”与“众乐乐”是辩证统一的。没有负载社会责任、历史使命的“独乐乐”当然是不可取的，但是，没有落实到“独乐乐”即个体幸福体验的所谓“众乐乐”，终将演变成个体生命不可承受之重，使个体成为工具性的存在，根本背离教育的本质。

…韦　玲

“除了生死，都是小事”成了2020年最流行的一句话。新冠疫情使所有人统一了关于升官发财、金玉满堂和一生平安的排序，在那么多的生离死别故事中，我们终于发现了生命的常识。疫情按下了暂停键的那几天，许多人真正尝试简单地活着、平淡甚至是平乏地生活，却出乎意料带来了前所未有的充实和收获。远离了曾经烙印在生活轨迹中的种种必须，生活的目的顷刻之间居然就变成了生活本身。

师父每年的寄语都少不了让人拍案叫绝的金句。掩卷反思，自己的余生将如何度过？大富大贵，肯定没戏；大红大紫，更无可能；健康快乐倒是可以努力一把。以“愚”的态度一笑置之，尴尬也变成了莞尔；有些事因为我们“没心没肺”的珍惜，最终也被我们扭成了顺其自然。

还未到白首岁暮的年纪，就已经开始回首人生。三十几年的过往岁月，让人怀念的多是些荒诞不经的往事，或是抓鱼摸虾时的无邪，或是翻墙离院时的冒失，或是沉迷武侠时的醉眼，或是好友相伴时的高歌。种种的不羁、种种的肆意妄为，每每回忆起来，却历历在目，恍若昨日。而那些真正被称为“正业”且孜孜以求的所作所为，反而被淹没在无数个平凡的光阴之中，挑不出亮点，竟然值不得言说。岁末年关，看到朋友圈一波又一波的总结和展望，莫名感到些许惭愧，刹那间若有所失。仔细想想，也不尽然，即便依旧这般不拘与无求，不经意间却也在平凡的生活中收获了很多。奔跑是一种激情，徜徉是一种心情，不同的方式，会有不同的体验。人生这场消费，值与不值只需自己考量，或许这是在愚顽自欺，但做一个快乐的愚人也未尝不可。

…沈　楠

延期毕业，既可以让自己的论文少一些瑕疵，更可以借机在师门里多赖一段时日，而且，恰好能够蹲守 2021 新年寄语。当下品读，更是对其中所谓“打磨”与“打造”的界别感同身受。“磨”与“造”，一字之别，满蕴着黑老兔对兔崽儿们的舐犊深情。十年前，师父明确宣布了“放羊吃草”的原则，信任徒儿们自有“吃草的理解力、定力、能力和才情”；如今，先生又不假思索地描绘“放鱼游弋”的愿景，赋予弟子们拥有“向上、向前的探求意愿和向后、向下的平常之心”。

窃以为，“打磨”，多根据原料的特征来进行设计、琢磨，焕发出原料的个性之美，断不能批量生产、一蹴而就；“打造”，不必太考虑原料的质地、色泽、缺陷，只需将原料分解成小块，再将之装进模具、粘贴、塑形，弄出成批的整齐划一的标准产品即可。在工业领域，两种做法各有存在之合理性。但，若以教育眼光视之，“打造”需推翻重来、摒弃重组，功效未必持久，难以保留原有个性，千人一面、黯淡无光——实在是万万不妥；“打磨”则需顺势而为，功效长久，成果迥异，神采奕奕——自然是更胜一筹。

《礼记·学记》云，“玉不琢，不成器”，《卫风·淇奥》曰，“有匪君子，如切如磋，如琢如磨”，皆喻“教育”

和“治玉”的异曲同工之妙。进而言之，教师对学生的打磨至少应含三个环节。其一，擦拭除尘。教师以慈悲之情、包容之心去审视和鉴别学生，用无私的关爱帮助学生摆脱内心的束缚和局限，了解学生的长项和不足，鼓励学生“去做事”、支持学生“做成事”，使其自信，助其焕发出个人的生命光泽。其二，磨炼本领。教师为学生量身定制发展思路，耐心磨炼其本领和意志，去粗取精、去伪存真，助其涵养出大爱大德大情怀。其三，抛光养护。教育“百年树人”的特性中少不了师生相互的情谊光照，无论“仍在读”还是“已毕业”，倘若学生身旁总有名师的身影，身后总有师父关切温暖的目光，那么，承载着阳光的生命就会代代延续。

从夫子游，甚幸！

…沈云都

我以钻研哲学为业，而董老却以调侃哲学为乐。师生并肩十余年之后，我终于意识到董老不经意的调侃本身就充满着哲学意蕴。寄语背后的2020年，显然是充满矛盾和分歧的一年，这一年不仅是现代性历史的一个横断面，而且是现代社会漫长的演化过程及其内在复杂性的一种自然呈现。作为弟子，我觉得可以从此切入重解当下。

早在法国的启蒙巨匠以势不可挡的气魄把理性主义作为唯一的真理观念加诸整个欧洲思想界的17—18世纪，意大利和德国的浪漫派大师们出于文化自尊和民族情感，已经针锋相对地断言了人类历史经验的多样性和生活价值的非统一性。言下之意是：高傲的意大利人和德意志人，决不会纡尊降贵，以法兰西为榜样来安排自己的思想和生活。于是，共识与分歧，从此成为早期现代社会思想领域的两个迥然相反的遗产。从那时开始，被卷入争论的已经远远不限于启蒙主义和浪漫主义的专业思想家，而是事关所有的现代人：他们已注定在普遍共识的不断瓦解与不断重建的漫长交织中反复徘徊。

在刚刚过去的2020年，在大众崛起的背影里，彼此相悖的意见更隐藏在互联网的面纱背后并裹挟着道德义愤而显得越发分化。为了“捍卫粉丝的尊严”而拒绝就抄袭事件道歉的明星作家一边遭到业界封杀一边创造着流量奇迹，书记的投湖自尽招致了对校长的誓死护驾与誓死讨伐，首富到底是金融革命的“真心英雄”还是收割韭菜的“头号玩家”还在聚讼不息，最高学府的“社死”事件又已经点燃了先骂学弟、再骂学姐的全网亢奋……后真相时代的匿名网众，在相互反对中构建起了错综复杂的、高度不稳定的“我们”和“他们”。

这在一定意义上重新激活了两三百年前那场争论的现实意义：在共识贫乏的年代，我们是要固守并珍视人们彼此保有分歧的可贵权利，哪怕因此迷失于艾略特那价值虚无的《荒原》也在所不惜；还是要重拾激情岁月里万众一心的共识旗帜，而不计较“个人”的微小身影再次被宏大的历史叙事所轻易覆盖？现代社会，人的身份困惑显然不仅仅是一个自寻烦恼的哲学追问，更是一个现实而迫切的生活问题。

在这个坐标里，2020年也许并不显眼。因为它不仅没有给出什么可靠的答案，甚至也不曾把问题本身推进到某个更为高拔的思想视点。然而，在这个人们通力抵御疫情威胁的艰难年份里，国家与社会建立起了致密的联动关系，从中培育出一种显而易见的、高度成熟的集体人格，促使我们在保留分歧的前提下高度有效地管控着分歧。正是在这个意义上，2020年也许能够为现代共识贫乏的困题提供某种宝贵的经验资源。

…刘永存

跟随“黑老兔”修艺六载，自以为取得真经：教育拒绝平庸。

独闯“教育江湖”十余年，真经没忘，却一年比一年迷茫：我们这么起早贪黑，熬夜加班，却真真又是在努力奔向平庸的路上。

愚笨、固执如我者以为千百年来的教育理论无出孔夫子“因材施教”之右者。因此，知“材”、识“材”是谓教育第一要务。识了这个材，便要因之施法，故而，教育与个性简直就是天然孪生子——教有教的异趣，学应学得别致。

你正努力实现个性化，忽然说要标准化。教学大纲规定到字体、字号；阅卷规定到在哪个地方打“√”画“×”；备课需要清楚注明哪儿是达成知识目标、哪儿是培育情感目标、哪儿是践行师德、哪儿是学会育人。有没有一点儿吃鸡的感觉？你是长兄，礼让一下，吃个翅膀，他是小弟，大腿让他啃吧！大家加起来，刚够一只鸡！

叶澜先生说，老师呈现在学生面前的不仅仅是知识、教知识的方法，而且是整个人。他这个人就是教育，他这个人就是教法，他这个人的一言一行都对学生有整体性的影响。因此，才有“学高为师，身正为范”。好老师好在一个“整全”上，好在一个“个性化”上。如果都标准化、规范化，搞个机器人就可以了，要那么多活生生的老师干什么呢？

教师教书不育人、课堂投入不够，治理之根不在标准化、规范化，而在培育教师的职业尊严、职业情怀和职业担当，要让他体会到育人之乐、传道之美、解惑之喜。

随“黑老兔”修业时，读《学术与政治》，德哲马克斯·韦伯那种描述最让人动心动情：如果你不能视你所从事的事业为天职（calling）——来自灵魂的召唤，怀着“你生之前悠悠千载已逝，未来还会有千年沉寂的期待”的敬畏，那么，我们只是在为“稻粮谋”。在为“稻粮谋”的人眼里，一切规范和标准也就只是吃饭的工具！

“黑老兔”是执着的，他身体力行，每年都在为拒绝平庸呐喊，至今十年，定时定点定量，令人至为敬佩！呐喊意味着有自我意识、有与平庸决绝的勇气，呐喊在某种程度上也是自我救赎的表征。当然，“黑老兔”的呐喊依照了推己及人的救赎逻辑，星星之火，迟早关联。

“黑老兔”每年第一天一记重锤，作为教育者的我们，不能假装听不见。一转眼，已经环绕老师周边十六年了，由衷地道一声：感恩有你！

2020：在平庸里打趣

无巧不成书，2019寄语里随手写下的最后一句话，竟鬼使神差埋下了伏笔，无意间成为新年故事的话柄。顺理成章，干脆就沿着“人狗情未了”的线索接力聊聊“鸟语话今生”吧！

鲁迅曾经在《秋夜》里写道：“我家门前有两棵树，一棵是枣树，另外一棵也是枣树”，直陈寂寥之情。而我比较幸运，两隔壁都养了小动物，一边是鸡，另一边却不是鸡，尽显热闹之象。回想近几年所言物事，鸡是真的，狗是真的，接下来粉墨登场的鸟儿当然也是真的。由此推知，其他文字也大体不假。看来坚持说真话虽然有点难，但还是可以做到的。

鸟事儿如此：左邻养了一只聪明绝顶的鸟，俗称“鹩哥”。这只奇鸟学习能力极强，每天惟妙惟肖、声情并茂地模仿着人的腔调，重复着他人所教的套话并随机地吟唱出一系列复杂的音符，乐此不疲。闻者无不惊为天才！

我洗耳恭听，从早到晚，那厮絮絮叨叨地说出了许多常人无法想象的话语，其模仿跨度之大、腔调之神似超乎想象。母语之外它至少掌握二种外语：字正腔圆的普通话（如：早上好！电话来了）、云南本地腔（如：家人喊孩子名字、爷爷的自言自语），还有英语（如：hello！ how are you？）。每日言说内容涉及多个领域：溜须拍马类（如：恭喜发财）、日常生活类（如：还不赶紧去洗菜）、宗教类（如：阿弥陀佛）和法制类（如：警笛声）。不仅如此，它居然还会“吹口哨”撩妹，也会热情邀约你“来玩麻将”，还会关切地问道：“娃娃去哪里了？”语义表达大体涉及三类：一是自言自语，属本真鸟语本意表达；二是主人教它的规范用语，据以博得欢心；三是模仿它听到并自愿复制的各种有趣声响。

此鸟令人啧啧称奇之处还在于，一鸟开腔，足以抵得上一个小型研讨会。它在那边屋里放声，你在隔壁侧耳旁听，竟会以为有十余个代表在轮流发言，气氛相当热烈，比时下的学术会议还具有论辩交流的风范。此鸟如若应聘到高校，估计会因为在语言学方面的杰出贡献荣获“林尖鸟学者”称号，或许还可以在晚年得以享受副部级鸟士待遇。

由于严重好奇并出于实证调查的兴致，我决定把它借来挂在自家客厅里仔细端详，认真观察了一天之后，研究结论有二：其一，鸟语不断重复，哪怕再悦耳，一直听也相当烦（它独自在房间里聒噪，整个屋子都不得清静）；其二，吃进去一点点，拉出来一大片（搞得像时下盛行的学术文章一样）。原本计划向邻居请求要经常借来玩一玩的，经过这次实验，当即决定下不为例。

我以严谨的科学态度持续地观察，试图捕捉它说话时候喜怒哀乐的表情，一直琢磨它在说话的时候是否带有相应的情绪。研究未果。也许它伪装得很好，也许它口是心非，也许它故作深沉，也许它老谋深算，反正就是它在重复各种语音的时候一本正经，表情严肃，毫不含糊，语气毋庸置疑，好像句句是真。令我困惑的另一个问题是，它小小的嘴和尖尖的舌发出的声音绝不是“像谁”的问题，其根本就是被模仿者本人的原声（甚至是八十岁老人的咳嗽），这又是如何做到的呢？最后终于想明白了：它并非是模仿声音，而是直接精准复制了物理意义上的声波频率，才能达到如此神似的境界。

这件鸟事儿让我的好奇心爆棚，特别想知道每天靠模仿逗别人开心的鹩哥自己是否快乐？它会不会因身怀绝技而比其他鸟类得到人类更多的眷顾从而活得更加有趣呢？

在物欲横流的时代，面对“平淡、倦怠、平庸，充实、快乐、趣味”等一系列问题，人类不得不顾影自怜。拷问一下今天的大学生或研究生，有多少在谋取一纸文凭的同时还能体会到求学问道的真趣和快乐？再去追问今天的老师或学者，有多少在赢得资本、争得社会地位的同时还能葆有传道探究的激情和趣味？法国社会心理学家古斯塔夫·勒庞在19世纪末指出的问题似乎并未得到解决：“从小学直到离开大学，一个年轻人只能死记硬背书本，他的独立思考能力和个人意识从来派不上用场，受教育对于他来说就是背书和服从。”这样的情形与鹩哥何异？滕星教授在学术演讲中揭示出当前中国大学的两个危机：其一是男生不追女生了，其二是大学生都不买书了。为师深以为然！2019，大学里的人们能否经得起上海环保大爷的质问：你是什么垃圾？

古人愚痴而云：“始知锁向金笼听，不及林间自在啼。”今人识相而行：始知得意金笼唱，何必奋力林间啼。时下，学者、学科、学校无不以追求一流为己任，却往往南辕北辙，舍本逐末，未得要领。大学朝向一流者，必先摆脱平庸之困，再去“探究的场所”（伯顿·克拉克）里发现学术研究的乐趣，体会趣味盎然的教育人生。时下教育平庸的表现至少有三：一是庸俗不堪，二是平淡无奇，三是高调重复。半个多世纪以前，基于对“生长繁衍于大地之上的人类”的关注，汉娜·阿伦特提出了“平庸之恶”的论断，强调“平庸的恶可以毁掉整个世界”。的确，世界上不折不扣的坏人毕竟是少数，多数是自以为是的庸人，正是平庸之辈搞坏了教育，搞晕了大学，搞乱了文化。平庸就像流行病，病毒繁衍极快，感染传播极广，不经意之间，已经离我们如此之近，以至于猝不及防。我的导师文辅相先生所指“探究高深学术、培养高级人才、传播高雅文化”的高等教育迅速被包抄合围了。天才鹩哥的表现证实了高效的行为与平庸的生活是可以同时存在的。看看今天的高等教育，校校、人人争先恐后，“好嗨哟”！感觉教育人生已经到达了高潮，以为学术研究已经到达了巅峰。这种状态无意间契合了勒庞笔下的乌合之众，他们“认为数量就是绝对的真理，任何人融入群体中都会感受到天然的合法性，并感知到数量所赋予的力量敢做任何事情，而且行动后处于正义的错觉还不觉得自己是罪恶的”。大学的所作所为助长了平庸，空耗了巨大的社会资本，培养了精致的利己主义者，产出了无数的学术垃圾。

然而不幸的是，选择平庸的人层出不穷，甘于平庸的人比比皆是。缘何如此呢？盖因平庸无风险、不思考、不烧脑、不花钱、不费力、不负责、随大流、看大戏、袖手旁观、评头论足，横竖都不错——虽然也不对。当平庸之辈汇成人潮之后，就自然而然地涌进了勒庞所建之“乌合之众”微信群。

平庸者无趣，救赎之路在于真趣。据狄更斯老人家判断，最好与最坏从来并存。既然没有尽善尽美，总该留有一线苦中作乐、安贫乐道的空间去“盘他”。因而，如何在不完美的世界里调适最舒服的姿势也就成为世人无法回避的问题。于是在不同的时代，会涌现出在同一种境遇下取道不一且旨趣相左的人。比如，对一切事物皆极好奇，包括对“女人的衣裳、罐头起子、鸡的眼皮，都有得意的看法”的林语堂先生；又比如，坚持“信仰趣味主义”，“拿趣味做根柢”的梁启超先生。

比之于鸟，大学里的人们欲望更多，无疑就活得更累！学生读书考试累，老师上课讲学累，学者探究创新累。现如今眼目下，愚以为学者务须三求但皆十分不易：似鲁迅般说真话，似汉娜·阿伦特般善思考，似林语堂般求真趣。如果我授意鹩哥言说这样的理想，它大概会说：断舍离吧！我太难了！

有些成年人整天忧心忡忡，即便他们没有遇到任何不顺心的事情；有些成功者眉头从未舒展，即便他们早已腰缠万贯；有些人从来不会笑，即便周围的人都忍俊不禁……因为他们的童年、他们生长的环境特别是他们一直以来所接受的教育出了问题，在潜意识里种下了劣根。弗洛伊德的理论可以解释这一点。因此，拯救儿童必须从改变他们所受的教育开始，拯救成年人必须从启迪他们的觉悟着手。而任何一个人，都可以取“当下”为基点修正自己所要的教育以及自以为是的思想方式。正如勒庞所说：“在我们的生活中能帮助我们走向成功的条件是判断力、是经验、是开拓精神和个性。而这些优良品质偏偏是不能从死啃书本中得到的。”

认识到这一点并不困难，承认这一点绝非易事，但是说破这一点就显得胆大包天了。要不然为何总有人说：“小时候说谎话很紧张，长大后说真话很紧张。”如若不想成为乌合之众，就要独立思考，秉持主见，摆脱机械化的教育。因为这样的教育，终究会让你“不知道自己是谁”。人之所以快乐，源于他会思考；人之所以痛苦，则源于他能够独立思考。

提到独立思考，千万别对我说：“咱也不知道，咱也不敢问。”阿伦特的成就源于她义无反顾地为自己选择了“思考”这一最孤立、最需要坚忍、最艰难的工作。这个世界本来没有孤立的思想家。思考是一种状态，思想是一种形态，通过思考形成思想漫渗于所有脑力或嘴力行当才能造就相应的哲学家、教育家、文学家、史学家或者政治家。学会思考困难，深刻思考痛苦，而超越世相的思考方能够救人救己，导向趣味，直面充实！

趣味者，显贵不见得有，凡人不一定无。

因此，我们不能放弃追求。虽然王尔德说过“漂亮的脸蛋太多，有趣的灵魂太少”，后人演绎成“好看的皮囊千篇一律，有趣的灵魂万里挑一”。其实，趣味离我们并不遥远，每个人都有资格摆脱平庸，有权利追求有趣的生活。问题的实质在于：如何在平庸的环境和无趣的时空里甄别并持守有趣的灵魂？

林语堂指出：“一般人不能领略这个尘世生活的乐趣，那是因为他们不深爱人生，把生活弄得平凡、刻板，而无聊。”“没有幽默滋润的国民，其文化必日趋虚伪，生活必日趋欺诈，思想必日趋迂腐，文学必日趋干枯，而人的心灵必日趋顽固。”梁启超认为：“趣味是活动的源泉，趣味干竭，活动便跟着停止。”他进一步揭示：“所以教育事业，从积极方面说，全在唤起趣味；从消极方面说，要十分注意不可以摧残趣味。各人选择他趣味最浓的事项做职业，自然一切劳作，都是目的，不是手段。越劳作越发有趣。既然如此，那么在教育界立身的人，应该以教育为唯一的趣味，更不消说了。”

显然，离平庸越远，就离趣味越近。平庸之上是卓越（凤毛麟角），平庸之下是恶俗（少数人沉醉其中），平庸之侧（旁边）是趣味（人人享有权利，但多数人自行弃权）。是故，平庸之恶才得以泛滥。

教育无趣，是最大的悲哀！

这个时代教育人群分三种：其一是识时务的、聪明的机会主义者；其二是识大体顾大局而戴着镣铐起舞者；其三是异质孤寂闲逸之徒。本人位列第三。我对这几种人的态度如下，第一种报以“呵呵”，第二种报以“啧啧”，第三种报以“嘻嘻”。为师不才，大事不懂，小事不屑；雅事说不了，俗事不想说。横竖就喜欢说点趣事，唯愿时常与弟子们一起寻觅兴趣，发现乐趣，陶冶志趣，并在此基础上共同努力滋养各自有趣的灵魂。

生活原本平淡，趣事随时可为。趣味人生当然也是有标志的，无非行为有品、言说有据、生活有料、为人有节、谈吐有韵、关切有心、交往有情、处世有义。人与人的差别在于，想到的未必能说出来，说出来的未必能做到，而做到的也未必能说得好。而要知行合一，言行一致，表里如一，读书是绕不开的坎，非认真钻研消化不可。高深知识内化于眼则神采奕奕，内化于心则刚柔并济，内化于脑则乐观豁达。

老树画画配文叹曰：“同是林中叶子，大多随风去了。”

又是一年匆匆而过，忽然想到了喜饶嘉措大师的问题：“今天你能看见明天的太阳吗？”正确答案是：明白人是相信了就会看见，普通人是看见了才会相信！

…强浙华

继去年师父家的狗“蛋蛋”成功登上咖位之后，今年邻家的鹩哥又因新年寄语火了一把，不得不佩服师父的“带货”能力，制造“网红”的精准性不偏毫厘。小狗与小鸟均因为做了师父的朋友，自然就有可能在师父的文章里现身出镜，各自演一回现实版“狗各有命，鸟各有途”的生命故事，打拼的关键就在于“家庭住址”。

近几年的寄语都以人类的好朋友、可爱的动物们作为开篇线索，想必是师父觉得聊“人”比较无趣，因此才借“动物”打趣。按中国人的传统，十二生肖，依次循环相对，古人把智慧藏在时序中借以启迪生活哲学。而天真的学生，只有毕业进入世俗社会，适时调整方向和步伐，才能逐步领略其间的奥妙。

去年，师父棒喝：“人与人的真正差别在于何时苏醒？何处苏醒？以何种姿势苏醒？”彼时，在工作和生活中像陀螺一般的我“磨”得可谓是又快又光亮，却更似磨盘边的驴，一直在原地打转，“术”是越发精进了，但“道”依然模糊难辨。觉察到这一点之后，我断然辞掉已经坚守十二年的中学教育工作，调整姿势，预备再一次回归大学校园追逐梦想，探求真知。当然，“器”与“不器”都有可能成为君子，只是心底始终忘不了师父关于“知道体道”的告诫。

2020年，生产、贩卖、承受“焦虑”的人应该不会减少。说来也怪，如此衣食富足、好吃好在的年代，无论哪个年龄段的人却都表现得像压力山大似的。社会发展太快，未来的不确定使得“焦虑”成为时代的伴生品。“每每看到有这么多人焦虑，顿时就不感到焦虑了。”吾辈只有抛弃虚幻的失控感，做好自己能做的，并接受不能改变的，才能获得内心的安宁。

新年已然现前，我仅把它当作是上一个十年的收尾，而媒体的宣告却指向着一个更新时代的来临。双闰之年，无疑会给“相信者”带来无限美好的期望。

再次出发，会更艰难，亦更有趣！

…吴晓鹏

2010年大学毕业，秉承着对教育的执着和憧憬，独自从家乡哈尔滨来到广东，一转眼，已在讲台上奋战了十年。走过了“青椒”的羞涩岁月，年纪渐长，体重渐增，活成了别人眼中的“骨干教师”。求知的激情尚存，而教书的热情似乎在慢慢消退。幸得加入师门，以徒弟的身份亲手承接了老师近两年的寄语，每次都达醍醐灌顶之效，细品文字，就可以从文中拽出那个一直都想逃避的自己。

两年前，刚拿到研究生录取通知书时，我对即将开启的新一轮学习生活感到兴奋，窃以为非全日制研究生“很好混”；而当我进入课堂，感受到云大高教院老师们的专业和敬业之后，立即得出了“混不走”的结论；当我有幸被师父接纳，感受到师父对于教育理想的执着，对教育学术“求真”的坚持，我打心底告诫自己，我真的“不想混”；当师父指引我找到研究方向，耐心帮我修改研究大纲，利用休息时间帮我答疑解惑时，我意识到来之不易的研究生学习生涯绝对是“不能混”的。

如何能让困顿的学习生活变得有趣，答案很简单，多跟老师研讨辩论无疑是有效的途径之一。聊选题意向、聊研究价值、聊破解思路，师父给出的建议总有云开雾散、柳暗花明之功，逐渐让我在边工作边学习的困境中找到喜欢探究的那个点，可以争取在谋取一纸文凭的同时体会到求学问道的真趣和快乐。2019 年最大的惭愧是书读得太少，以至于每次与老师沟通之后，都要再一次痛下决心，又一次许下诺言。2020 年，真的不想再找借口了，为了职场的第二个十年，我要远离平庸，重拾梦想，重新起航。

…曾金燕

平庸与平凡，一字之变，负载的却是两种截然不同的人生境界。较之随波逐流、碌碌无为的“平庸”，“平凡”蕴含着甘于平淡、积极有为的价值取向。路遥先生在《平凡的世界》中说：“普通并不等于庸俗。他也许一辈子就是一个普通人，但他要做一个不平庸的人。”换言之，平凡的人虽做着平凡的事，过着平凡的生活，但不会为世事的波涛巨浪所淹没、不会为生活的低级趣味所俘获而沦为庸人。他还说：“在许许多多平平常常的事情中，应该表现出不平常的看法和做法来。”也就是说，“平凡”的沉沦固然是“平庸”，但它的升华却是“不平凡”。每个人都有各自半径不一的生活世界，即使最平凡的人，可以也应该为他那个世界执着奋斗，凭着“苔花如米小，也学牡丹开”的乐观向上、自强不息的精神，努力做出成绩，实现人生价值的最大化，这也是可贵的。“不平凡”的最高境界无疑是富有超越精神和无私品格的“崇高”。用康德的话来说，就是对于“头顶的星空”和“内心的道德律”的永恒追求。用恩格斯评价马克思的话来说，就是，“他可能有过许多敌人，但未必有一个私敌”。作为一名平凡、普通而没有过人天赋的博士生，我既要脚踏实地求学悟道，一点一滴内化知识，日久天长陶冶心性，更要仰望星空、初心不改、以梦为马，逐渐塑造出拒绝平庸、甘于平凡、趋向崇高的人生境界。若能如此，夫复何求！

…常楠静

前段时间看到一篇博士论文，后记里的一句话吸引了我：“这是不是我想要的生活？”读下去的结果让人哭笑不得，一个为了博士论文的写作痛苦不堪却又不得不苦中作乐的形象跃然纸上。相信这是许多在读博士的真实镜像，也是很多人在选择读博道路的时候质疑过自己的问题。但是，更多的人可能获得的结果，就是在徘徊、犹豫、挣扎、痛并快乐中艰难地、勉强地完成了学业。常说，后记才是一篇论文中最精彩的部分，因为往往到了这个时候，肺腑之言就再也憋不住了。

学术并非处处出彩而常常是枯燥乏味的，研究并非时时热闹而往往是空虚寂寞的。究竟我们要的是一种怎样的生活？无尽的欲望容易让人迷失方向，当我们在现实的胁迫下不断为文凭和“五斗米”而“折腰”的时候，师父的棒喝可以助力解困。

小的时候，兴趣是最好的老师，长大以后，利益是最好的指路者。以前看戏，台上的是疯子，台下的是傻子，现在的我们站在台上，既不疯魔，也不忘我，只能人云亦云鹦鹉学舌。如此演绎的戏曲人生，怎能动人？何来有趣？万物缺少了热爱，剩下的不过是一具灵魂出窍的躯壳。壁立千仞，无欲则刚。无欲不是绝欲，而是不被欲望所支配。我们唯有学着在满足欲望的过程中保持头脑清醒，试着在追名逐利的同时坚守内心，只有抛开自己亲手套上的枷锁，才有可能写下真实的文章，探美妙学问，过快乐生活，守有趣灵魂。

新年伊始，一切从未停止，一切都将继续。

…李　雪

老师常说，鸡有鸡路，鸭有鸭路，殊途同归只是自己的一厢情愿罢了！读书的时候对这不解，现在人大了，其中厉害也总算是知道了。

某次课堂上，我准备了一个课前小活动：留舍最爱。活动大致是这样的：请同学们拿出纸笔，写下对你而言最重要的五样东西，分享后思考，如果不得不舍弃一样东西，你会选择什么？于是，五样东西就这样一样一样被舍弃，最后剩下……

没过多久，很多学生开始聒噪起来了，一边叫喊着“不能再舍弃了！”一边又在私下耳语，暗自筹划。这时，我问，五样东西是否都是你的最爱？学生们不假思索，异口同声，是！那就请你们对舍弃和留下的东西分别排个序吧！

思考片刻之后，学生反复涂改，交换顺序，乐在其中。

我清楚地记得，有一位学生最先舍弃的是父母，最后留下的是游戏；还有一位舍弃的是生命，留下的是一只叫作“嘟嘟”的小狗。

对于学生的选择，我很想说点什么，可看着一个个直不棱登的表情，我竟然开始慌了，自责之余，更想做点什么。不知何时起，游戏竟成为比亲情、友情、健康、财富、学识、能力、气质甚至生命更加重要的东西。打个比方，老师课堂提问，有学生竟然央求道：等我打完这一把！课堂活动需要志愿者，有学生居然说：我的手不能动，老师，脚可以吗？现在，就连一条狗的生命竟也能超越人间至爱！我是该说00后怎么了，还是该说，谁到底做错了什么？难道青春偏要如此吗？

想起电影里，一位父亲这样鼓励他的儿子：“当生活就在这一瞬间开始向你垂青，如果你不回应，那便是罪过！”现在我也用这句话来勉励自己，期待在而立之年尽快整出一点动静，学习学生也好，工作生活也罢，确实应该尽心尽力了。有人说，平庸是头脑中生长的霉菌，若不与之争斗，我们做的每一件事情将会受其干扰；也有人怀着侥幸心理说，平庸里到处都可以发现惊喜，但兄弟，光有惊喜怕不足以逆袭吧！

老师文末发问：今天你能看见明天的太阳吗？我的回答是，现在怕是能了。与其让平庸继续为自己背锅，还不如朝着希望大胆地迈开脚步，争取在平淡无奇的生活里，抖擞一下精神，为了自己，也为这个世界添一抹色彩！

…苏　敏

跨年之际，走出家门，打开窗户，看到的尽是炫彩缤纷的景象。“景象”是否等同于“真相”，甄别的路径莫过于“思考”。

思考为人之思想的高度集中和个人与社会关系的反映与表现。问题的区别在于思考的发动者是谁？思考的对象和指向何在？社会环境正是思考的源泉，不同年龄的人各有其思考的重点和焦点，不同行业、不同职业的人的思考无不与其切身的体验相关。

思考入门之后就要学会独立地思考。独立思考肯定是一件让人愉悦并痛苦的事。为什么呢？因为我们思想上的隔音器并没有隔绝周围的喧闹声，思考的状态其实正被热闹的环境给浸润着。思考方式具有时代性，思考的历程很艰辛，思考的目的很独特，而最终，思考的结论不仅要自圆其说，还指望被人接受认可，痛苦由此而生。

相比之下，一些思想“前卫”、头脑“灵活”的人，似乎搭乘着时代的快车，陶醉于世相之中，如鱼得水。但是，这些人往往由于趋同而失去了个性，由于媚俗而受限于权威，由于附和而放弃了批判。继而，思维会受限，源泉会干涸，具有独立意识的思考最后也就荡然无存了。

唯愿跟随老师，在难得的研究生学习过程中，学会思考，并尝试努力去独立思考。

…林敏儿

转念间，2019 悄然离去，2020 伴着师父的新年寄语依约而来。师父以“鸟语”话人生，嬉笑打趣间，道出众人罹患平庸之症的病根。无论是动物还是人，特立独行的生计显然风险过大，相形之下，温水中的青蛙，抑或学舌讨笑的鹩哥生活无疑是被更多人认可的选择。

时间是刻度，文字是记录，镌刻了来时的路。回头一看，我从研一的小鲜肉变成研二的小腊肉，除了岁月风干导致水分的丢失外，问问自己，是否还丢了别的东西？鹩哥的啼叫，让我联想到身边熙熙攘攘的人，大多顺应潮流，热热闹闹地翻滚着碌碌前行。由于同流者甚众，以至于当我们看到极少数逆流而上的人之后，除了敬仰之外，对于这一小束光亮多少还会产生怀疑。他人思想所绽放的光芒是否能够点燃自己脚下的道路？我驻足反思，踮脚眺望。

幸得师父定时警醒，此时，唤起我记忆中王小波的一段话：“傍晚时分，你坐在屋檐下，看着天慢慢地黑下去，心里寂寞而凄凉，感到自己的生命被剥夺了。当时我是个年轻人，但我害怕这样生活下去，衰老下去。在我看来，这是比死亡更可怕的事。”

2020，愿生活有欲有望、有趣有为，乘兴而上，还有自己的模样。

…刘　爽

据世界卫生组织披露数据显示，截至 2017 年，中国有超过五千四百万人患有抑郁症。一项研究表明，从 1997 年到 2015

年，中国学生群体的抑郁症发病率在百分之二十三点八。世界卫生组织也曾提出四分之一的中国大学生承认有过抑郁症状。看着一连串的数字不禁发问：身在象牙塔的我们，为何有那么多的人处于不同程度的抑郁之中？除了生理因素，外部环境无疑是一大诱因，如今，抑郁、焦虑、迷茫这类词汇已经在大学里司空见惯。

韩寒说“听过很多道理，却依然过不好这一生”，而象牙塔中的我们，学过很多“知识”，却依然很难成为有趣的灵魂。我们从小通过学习知识，一张张试卷垒筑起高耸的阶梯，帮助我们进入象牙塔，再爬出知识殿堂，最后走向社会。这其中，确实有不少人的学习生活方式与鹩哥相差无几。鹩哥通过精准复制声波频率获得模仿的成功，学生通过成为精密的考试机器获得相应的成功。不知道鹩哥咋样，反正有许多学生并没有真正体会到学习的快乐。作为人类，我们的自主意识也许会在午夜梦回时让你突然感到一阵虚无，发出“我是谁？我在哪？我要干什么？”的迷惘三问。

我们努力学习究竟是出于对知识的渴求与好奇，还是迫于丛林法则而做出的臣服？学习的平庸在于不以获取知识本身为乐趣，只以学习之后的指标为目的。唯有学习的真趣能安抚象牙塔里浮躁的心，想到这里，时常问心有愧。

新年伊始，警醒自身，远离平庸，对未知好奇，探学业真趣。

…韦　玲

2020年我和大多数人一样，依旧没有鲜花掌声、没有波澜壮阔，穿着普通的衣服，做着普通的工作，过着普通的生活，为普通的事烦恼着。人到中年，终于还是过成了最普通的人生。当年十八岁的我绝不会相信，自己终将平凡。青春时光，踌躇满志、倾尽全力，对未来寄予厚望。一个个华丽的梦想层出不穷，努力着奔向未知的人生。在经历了执着坚持、随波入世等各种选择后，顺利找到了属于自己的那个“坑”。什么样的“坑”才是适切的？外表光鲜、衣食无忧已足够幸运，但仍然不足以让我们趋向无限的幸福，因为紧张、焦虑无时无刻不让我们向往着更好与更快，想着永远没有定数的结局。

师父说，我们要学会“在不完美的世界里调适最舒服的姿势”，人生的路途上，事业的、情感的，主观的、客观的，环境的、命运的，总会有看得见或者看不见的大手，拨弄翻覆我们的生活，这就是人生本质的短暂、珍贵和脆弱。有趣的灵魂何其珍贵，趣味人生使我们有健康的心态、有追求的勇气、有悦纳自己的智慧。尽管许多人用尽了全力，还是过着平凡的生活。不断选择真趣，能够时刻浸染于趣味之中，无疑才是最接近幸福的筹码。平凡的生活，就一定平庸吗？“生活原本平淡，趣事随时可为”，2020 年我要放下忧心，舒展眉头。因为师父反复念叨：趣味人生就在“当下”。

…沈　楠

跨年的喜悦，少许来自传统的仪式，多数源于师父的新年寄语。文中的力量，让我得以摆脱论文煎熬和琐事纠缠，转而思考怎样从平庸无趣中抽离？如何在新的一年里涵养真趣？

窃以为，普通学子至少需秉持三字：今、简、静。

今，即今时今日，即安住当下。那日与好友登山，偶见护林员棚壁上的自创“壁画”，一幅幅字配边框，有警句、有对仗，岩石、苍松、山花、灌木相映成趣。更妙的是，落款处黑乎乎的一小坨里竟藏着微缩的“海”字——正是护林者的名。

他神采奕奕、神爽飞跃，毫无年逾花甲之态。方寸间，唯有专注眼前、体验现在，才能如他这般“烟雨楼台生画意，松涛泉水动诗情”。

简，即简单质朴，即生活朴素而内心丰盈。我曾以为物质丰富有助于内心愉悦，于是被冗余的物品、多余的资料、庞杂的交往所包围。殊不知，“快乐和淳朴就像一对故友”，查尔斯·瓦格纳说，“想要快乐，就得坚守淳朴”，因此他倡导简朴生活。同样，决定过简单生活的佐佐木典士由断舍离达至极简主义，并从中感受到幸福。中华先贤云“逸民适志，须凭诗酒养疏慵”；外国名士讲“一张桌子、一把椅子、一盘水果和一把小提琴，有了这些，就足以让人幸福”：得他们启发，在我看来，左琴右书、一人一茶，乐矣。

静，即宁心，即“静待花开时”“静心修身”“静生慧”——这些都是师父的殷切叮咛。2016 拜入师门，每逢年末我都会恳请师父鞭策，所获赠言最多的是“静”字。“静待花开时”，是耐心的关怀与守候，饱含师者对学子的信任与期待；“静心修身”，是修身法门的提点，满蕴长者对后生言行偏差的善意提醒；“静生慧”，指出不可在浮躁中求聪明，应当于宁静里求智慧，充满智者对晚辈的关切。我想，师父希望我由外索转向内求，学会感知自己生命的律动，学会在独处时乐品生活的别样滋味，进而滋养出有趣的灵魂。

想来，学子们在研习好书时秉持今、简、静，离涵养真趣便不会远了。如此，我新一年的趣味之旅，将从研读埃克哈特·托利《当下的力量》开始。

…周　宏

学如逆水行舟，不进则退，思考也是。从最初的“羊”到近年的“猪”“狗”“鸟”，当面对密集的后现代隐喻描述裹挟着批判和洞察扑面而来，越来越体会到那种类似从平洼地带初来乍到时的“高原反应”。生理高反表现为心肺跟不上，思想高反直接令人怀疑自己的脑容量。对2020的新年寄语，尤其感觉回应乏力，因为到底没有办法对平庸、无趣的警示充耳不闻，假装没有在说自己。作为“平庸”中人、被“打趣”的对象，欲言说平庸和趣味，须得先挣脱无往不在的平庸之网，于其中寻得意趣一二，这本身就太“南”了。

关于“平庸”，认真对标自查之后，长舒一口气。不赶尽杀绝，这是智者对庸人的仁慈，即使对这个庸人“层出不穷”“比比皆是”的世界表达了切肤之忧，仍留一线“不折不扣的坏人毕竟是少数”的余地供庸人自省和自我救赎。原来平庸也是分段位的，一般之庸人的功力远远达不到合纵“毁掉整个世界”的“恶”的地步。要摆脱平庸之困，大抵是要摆脱“自以为是”的“不真”，为学者则要摆脱制造“学术垃圾”的“不美”。究其实，时下“平庸”的大盘走势可谓跌宕起伏，也有风险，也需劳神费力，稳居平庸阵营不被淘汰出局本身也要颇费一番气力。

求学问道的真趣与快乐，是一种稍纵即逝的高峰体验，它应该是在辛勤求索之后的欢喜雀跃的获得感。这个获得感的强烈程度有时恰好与钻研过程中困顿苦闷的程度成正相关，但其持久程度却完全没有保障，甚至往往无情地辜负前期超高的脑体艰辛。于是，追逐这种欢愉的方法只剩下——不断地在求学问道的路上辛勤求索，每天切近一点点而欢愉一点点者有之，每有大彻悟、大突破而欣喜若狂者有之，唯独回避辛劳而于四平八稳的安逸中期图趣味者无缘体会。

“生活原本平淡，趣事随时可为”，望无趣者切莫刻意为之，无数平庸者庸庸趣动的场面，想想真觉得可怕。2020 已经来了，很快又值庚子，高等教育会不会转角遇见腾飞的转机？作为一个脑子稍稍勤于四体的人，躬身入局先“庸”为敬，或可寻得一二趣意，也不一定。

2019：活法

隔壁那只威武的公鸡还是牺牲掉了，不出所料，它终究摆脱不了被豢养、被屠宰并被烹调成为下酒菜的宿命，除非具备法国传记《巴比龙》中的查理尔、美国电影《肖申克的救赎》中的安迪以及中国王小波笔下那只“猪兄”的超强意志和出逃能耐。因为是上一篇寄语提到的鲜活生命，所以借机在年终岁末感叹一回，借以悼念。

新年前夕，仔细检讨人文生态，终究不省人事，干脆就以狗为凭聊点物事吧。反正众生平等，大家的活法都差不多，无非不同的生命形态在不同的生存圈之轮回写照。

我家有狗名“蛋蛋”。五年前的某一天，一只仅二月龄的小狗深陷于阴冷田边，奄奄一息，女儿恰好在乡村做社会实践，见状不忍，直接把这个泥巴坨坨搭救回来。洗刷清楚，大家相互确认过眼神之后，它立即成为自家人，开启了“它是你的一部分，你是它的全部”之人狗奇缘。

只有人的世界超级复杂，只有狗的世界十分残酷，但是人和狗组合的世界却惊喜连连、温情无限。大凡养了狗，才知道狗与人一样，值得平等相待，无法割舍——有成长规划，有教育训练，喜怒哀乐样样都不少。

曾经听说，谁家养的狗就会长成谁家人的样儿。所谓“人模狗样”并非随便组合的一个成语。后来遛狗时仔细观察，果然如此，至少百分之八十灵验。主人与狗的步伐、姿势、表情乃至气质大体相当，无非人是竖着的，狗是横着的。如果对面摇摇晃晃走过来一只毛毛虫样的狗，牵绳人的衣着发饰基本雷同；要是前方跑过去一只胖乎乎的狗，你把目光平移，多半有一个胖乎乎的主人随即就映入你的眼帘；妙不可言的是，某日，我们去拜访一个骨感无比的好友，随同主人出来迎客的正是一只超级精瘦的小狗……由此，我的自信心通过观察自家的狗得以加强，偶尔还膨胀起来——蛋蛋五官俊秀且笑容可掬，身形匀称且动作矫健，尾巴卷曲似一朵盛开的鲜花。不仅如此，明显的共同点是我和它的眉心都有一道深深的思考纹（虽然什么都思考不了）。表面的差异是它的头发多我的头发少，深层的不同是我们分别为各自的境遇焦虑：蛋蛋找不着女朋友，我找不着大学精神。

狗与狗相近，人与人不同，狗的优点人未必有。比如：对主人忠诚——而且会不厌其烦地表达忠诚；恪尽职守——每日定时在阳台上痴等主人下班回家，每夜面朝大门时刻警惕外敌入侵，从无懈怠；直言不讳——绝不掩饰对食物、母狗的愿望并直接通过眼神和动作展示出来；超级直觉——对主人情绪变化了如指掌，能够精准判断指令是真实的还是谎称的；委曲求全——其实狗是有个性、有脾气的，有时候明显与主人想法不一致，但还是能够尊卑有序，服从安排。

有时候人比狗强，有时候人不如狗，人的缺点狗都不好意思承认。比如：虚张声势——两狗相遇弱小者狂吠（蛋蛋属于小型犬，吵架从来没输过，打架从来没赢过）；审时度势——主人手里没有诱饵时，能不听话就不听话；趋炎附势——狗的态度取决于主人的态度。当然，在勇敢表达情感方面，狗还是稍逊于猫的。猫谈起恋爱来撼天动地，誓言响彻云霄，惊天地泣鬼神，彻夜不休。

亲历了城乡二元生活方式，蛋蛋从乡间流浪者摇身一变为城市新宠，活得欢天喜地，乐不思蜀。然而，世事难全，狗无远虑必有近忧。豢养的宠物狗最大的问题在于无法自由恋爱，适时婚配。只好等着主人包办，既要看品种，更要看时机。这一点很不狗道，也不厚道，更谈不上人道。

养狗之后才发现：狗是有表情的，只有主人看得懂；狗也会做梦，说明狗也有理想。只不过狗的理想未必是人以为的理想。向狗学习，足以过上衣食无忧的生活；而超越狗，才能过上有尊严的生活。

话说回来，人自诩为高等动物，但仔细想想，就某些人的生活方式而言未必能够活到狗的境界。人的活法不外苟活、生活、乐活三境。有人说，男人与女人的差别大过人与猴子的差别，而我经过半个世纪的观察发现，人与人的差别在某种程度上其实大过人与动物的差别。现如今，我们生活在现代化的世界，但许多人未必称得上现代人；我们浸染于知识富集的时代，但许多人未必称得上文化人；我们拥有黄皮肤黑眼睛长着中国人的面子，但许多人从精神到意识未必具备中国人的里子。

这显然是个问题，而且是教育的问题，更是高等教育的问题。

时下，文化上的"隐性贫困人口"大规模集结于高等学府之中，教育众生从头到脚笼罩着知识符号和品牌标签，荒于高深学术，疏离本真智慧，看起来光鲜亮丽，根本上与卓越无缘，无非一群有知识无文化的实体存在。"杠精"遍地，杠天杠地杠名人啥都要杠，但是，大凡遇到教育、文化、文明的深层次问题，杠精们一概绕道而行，作鸟兽散。极少有人把有限的生命投入为教育规律“抬杠”中去。原因何在？不想杠、不能杠、杠不过、不敢杠，还是根本不用杠？或许教育世界已经功德圆满，无须再杠。从去年到今年，“佛系”人群呈蔓延之势，调侃世相人生当然不错，而如果当真，就会误入歧途：可以做佛系学生，在看淡成绩的同时看淡追求；也可以做佛系学者，在看淡功利的同时看淡真理。面对教育世界的剧变，大家异口同声：“都行，可以，没关系”，齐刷刷奔“上流”而去，以集体无意识的言行举止共筑庞大而平庸的育人体系。

仔细分辨复杂的世界，虽事与事相近，但人和人之根性的确不同。首先是价值取向不同，其次是思路格局不同，再次是方法手段不同，然后致使涵养品位不同，最后的结果：有的可以药救，有的不可救药。人如此，教育亦然。

作为一介书生，我深知谋生之计与立身之道的异同，宁愿贤而思齐，愚而远之，能而效仿，蠢而规避，知不足而进取，持己长而自信。与此同时，愿意给予他人充分的理解，因为“鸡有鸡路，鸭有鸭途”。有的志趣不一，可以和而不同；有的殊途同归，可以相互砥砺；有的有情无义，可以短途扶持；有的利益当先，唯恐避之不及；有的以情掩饰，以利收官；有的以理标榜，以权为根；有的任其擦肩而过，有的务必厮守一生。清者自清，浊者自浊，时间一到，真身自现。为人师表者，理当亲近善知识，投入“小确幸”，远离高大上，傲视滚滚浊流。

时间一年一年逝去，大学理想和学府风度一直是脑海里挥之不去的幻影。余孤陋寡闻，而且顽固愚钝，实在无法相信大学组织和个体的卓越可以通过开会表决心和扎堆挤油渣的方式达成。高等教育体量和层次类型无疑能够用激素催化的方式迅速扩大，但科教发达、文化自觉、文明强盛的愿景仍然不是短时间内所能企及。后者关乎教育的滋养环境、学问的生发机制、学科的成长逻辑，而这一切另有其萌芽、累积、渐进、演化继而裂变的规律。徒弟们的修行，还是需要循序渐进，静心、诚心、安心，当下不能格物致知，来日何以兼济天下？

今非昔比，西南联大时期办学经费奇缺，师生衣衫褴褛，而今大学里各色经费富足，但教研活动开支花费的报销却构成了一个难上加难的研究课题。与其让教科人员削尖脑袋去研究财务报账的艺术，还不如拟定新规，给在校园里走来走去的人们统一行头，各自配备豪华制服，胸前挂满从“江、河、湖、海、沟、渠”荣誉称号到“区、县、市、省、国、世界”各色勋章和先进标志。从今往后，老师们胸前如果关于“杰出”的标签少于七八个的话，都不好意思站上讲台去教书育人，更不好意思出席各种各样的会议去坐台唱戏。

形势大好，斯文何至于此？

徒儿们呀，时不我待，研习学问时间短暂，教育生活一晃就过，为师终于想通了一个道理：瞎操心其实是真操心，瞎高兴其实是真高兴，瞎折腾其实是真折腾！苦中作乐就是乐，安贫乐道就是道！每个人活着的时日大体相当，但是生活的状态却迥然不同。喝药的同时不能品茶，耗时于纠结就没时间做研究，劳神蹉跎就没功夫反省，经常打针就没法子打球，常驻会议厅就去不了音乐厅……当下的觉悟，就是要确认并努力耕耘好自己的精神领地，弄清楚自己喜欢做什么又能够做什么？千万不要在别人的感情世界（绯闻、桥段、宫斗戏）里辗转空耗，而自己的感情世界却一片空白。

年终岁末，再一次举棒自喝：人与人的真正差别是什么？答案一念而生，从天而降——何时苏醒？何处苏醒？以何种姿势苏醒？

时间决定有质量生活的长度：少年惊醒是前缘，四分之三的生命活成自己；青年惊醒是聪明，三分之二的未来能够把握；中年惊醒是觉悟，三分之一的日子留待充实；老年惊醒不遗憾，尚存四分之一的时光借以善终。

场域决定了生活的舞台：人各有志，有的人沉醉于梦境无力自拔，有的人官场得意一阵子，有的人市场驰骋一下子，有的人抱憾终身于战场，有的人悔过余生于监狱，更多的人忙忙碌碌、被动拆解并挥发自己于世俗凡尘之间。而你呢，能够知晓并设计自己的苏醒之地吗？

醒来的姿势决定了活着的节奏和状态：棒喝得道的人是幸运的，被人搭救，有人牵手是前世善缘；苦修觉悟的人是有福的，面壁多年，云开雾散，活得安心，有所皈依，自得其乐；顿悟之人可遇不可求，顺应天道人心，遥观天象，俯察人事，无为而无所不为。

遗憾的是，更多的人会陷入“间歇性迷信”，妄念终身，执迷不悟！

天地运行无法改变，但是个体的活法却可以选择。改变活法，始于想法，成于做法。前者有认识局限，后者有能力局限。突破认识的局限即见曙光，突破能力的局限才能自由飞扬。

作为活在大学里的生灵，我们务必清醒地意识到：越好越强大的教育应该越趋向于多元化，让多姿多彩的生命形态如老师、学生、学科、学问等，似万类霜天竞自由般交相辉映，而非相反。拙作《找回大学精神》1998年第一版问世，至今刚好二十年。有朋友戏称：云川兄非但没有找到大学精神，几乎连自己都快找不着了！余深以为是。

又一年即将落幕，是夜，蛋蛋又说梦话了。以我对它的了解，知道了这个梦境里的内容：2019 年，它可以继续寻找梦中的女朋友，而且极有可能实现。而我，也将继续在现实里寻觅心中的大学精神，但愿也能够实现。

罢笔之际，眼中惊现黄永玉老头儿的一幅字画——

鸟是好鸟，就是话多。

…白文昌

2018年末，讲了一整天考研英语课的我有些疲倦，从桂林机场赶上最后一趟航班，返昆时刚好收到师父的新年寄语，往事如潮水般涌上心头。

回望这一年，去了二十三座城市，到过九十二所大中学校，累计授课时间超过六百小时……一连串数字在脑海中频繁闪现，似有一种泰戈尔笔下“天空不留下鸟的痕迹，但它已经飞过”的悲壮感。然而，当新年的钟声敲响那一刻，却想起莎士比亚在其剧作《麦克白》第五幕中的悲观论调：“人生如痴人说梦，充满着喧哗与骚动，却毫无意义！”

作为硕士生，2018年于我而言是充满遗憾的，因为诸多缘故，自己不得不过早地置身于工作之中，东奔西走，为琐碎事件忙得精疲力竭，以至于静心学术的研习时间大量减少，悔之莫及！身处异乡、午夜梦回之时常常会想，东坡先生为何有“人生如逆旅，我亦是行人”之喟叹？后来逐渐明了，生而为人一场，我们的终点其实早就已经注定了。生活处处都是深渊，死亡必然降临的澄明性让我们感到焦虑甚至绝望，但平静之时就会清醒：浮华也好，恬淡也罢，人生不过是一场充满喧哗与骚动的梦。我豁然领悟到师父所言“人生起伏犹如四季轮回，不可逾越‘春生夏长秋收冬藏’的基本节律”。现实生活的诸多烦恼，本质上源于自己“睡得太沉”，没有及时“苏醒”！

杨绛在《我们仨》的结尾处这样写道，“家在哪里，我不知道，我还在寻找归途”，我想，每个人的一生都是在寻找归途的吧。但愿归途临近，自己还能走得安稳。

窗外雪花纷飞，北风更加肆虐了，又想起英国著名玄学诗人约翰·邓恩（John Donne）在其诗歌中以布道的口吻说道，

“谁都不是一座孤岛……所以不要问丧钟为谁而鸣，它就是为你而鸣”。

2019年，愿自己成为生活的主角！

…林敏儿

听人说，最好的生活状态是“什么都没有，但什么都不缺”；反之，过得不好的情况则是“什么都有，但什么都缺”。理论上我懂，现实如何，有待考证。

人往往意识不到，当自己想要的太多而又觉得不知所措之时，通常只是因为执念过甚且无法弃舍。我在一本佛学书中读到，那些处于痛苦中还没有开悟的人，一本正经，对所有的事都感到紧张，情绪和人际反应偏于僵硬；而一个真正成熟的人，面对生活充满幽默感，能够在关键时刻看穿紧张的可笑，对待生活能够举重若轻，具有灵活性和变通性，于是，痛苦和执迷自然远离。这种人格中的灵活性，就是董老经常提到的所谓“活得透彻与洒脱”。由此，沉重的身躯就会变得轻盈。

一旦我们试图去拥有什么，或者试图让什么属于自己，必然就会被其所困。到最后才发现，自己与全部的人生之间，只不过是一种彼此经过的关系。

我愿敞开心扉，跟随老师过上几年似流水般柔顺的教育生活。

…韦　玲

毋庸置疑，蛋蛋是一只幸福的狗，生于乡野之间长在书香门第，不愁吃喝，只管玩耍，最让我们羡慕的是能整天跟着师父，随时接受“高等教育”。

在别人眼里，我也是一个幸福的大学老师。有孩子，有家庭，有“铁饭碗”，还有寒暑假，随便拍个照，朋友圈分分钟就闪出无数学生点赞。

某日课堂上，突然惊醒，感觉自己上课时似乎是睡着了，可能实在太疲倦，在这种状态下，嘴巴显然已经脱离了思想的控制。教学熟练到这种程度不好吗？果真如此，那要思想有什么用？今年寄语的“惊醒说”当头棒喝。师父告诫说，要超越狗，才能过上有尊严的生活。什么是教育的尊严？什么是教师的尊严？面对着课堂上一双双抱有期待的眼睛，如果传道的人不能负责、无法负责，那么谁该负责呢？唯有嘴巴和思想搭上线，教书和育人才能联上网。

“教育生活一晃就过”，徒儿谨遵教诲，今生不敢虚度，虽默默无闻，但也志在授业解惑，教之以事而喻诸德。

…冀　凡

这一年，书单冗长，行动短促。忙碌成了没有好好读书、来不及品味研究生生活的借口。所幸遇到师父，每次交谈，有如充电，促我精进。

该学奥古斯丁“灵魂拷问”，守住卢梭《忏悔录》的坦诚，谨记尼采“重新估定一切价值”的训诫，随时牢记师父“瞎折腾其实是真折腾”的教诲。的确，有品质的活法不在于盲目奔跑，不会为“别处的生活”忙得焦头烂额，而应该内心笃定、灵魂干净，淡定优雅地前行。

然而，执迷不悟的人还是太多。“有时我觉得这个世界就像大海上翻了船，最要紧的是救出我自己”，易卜生说得好，“真正的个人主义在于把你自己这块材料铸造成个东西”。如果做不到如智者般为众人摆渡，那最要紧的是先救出自己，这样方能积攒力量，谋求改变。新的一年，我希望通过静静地研读、认真地思辨，在每一个平凡的日子里不动声色地绽放光芒。

…王翔宇

携着老师的新年寄语，正式迈进了2019年。过去的一年，我的职场生命淹没于数百篇微信稿件的审核、无休无止的会议以及各种各样的活动之中……仔细回想，如果把生活比作一个蛋糕，最后，想要分给家人和自己的那一块恐怕连切都切不出来，也许只能归类于苟活吧？

一次聚餐，同事们祝贺我大龄女青年“脱单”，又考上了董老的研究生，学生们七嘴八舌地祝福：“翔姐，辛苦了，所走之路畅行无阻、所到之处春暖花开！”于是恍然大悟：我有了自己的小家，拜高人为师，受学生尊敬，这不正是传说中的乐活吗？

乐活与苟活除以二，喜忧参半。曾几何时，晚上加班、周末上课的状态让我苦不堪言，我纠结于坚持抑或放弃。师父的叮咛让我醍醐灌顶：人到中年，家人的理解、学生的信赖是我半梦半醒中苏醒的力量。作为一名在职研究生，谨记董老“当下不能格物致知，来日何以兼济天下”的教导，继续努力寻找自我，静心修身，正人先正己，锻造教育艺术的力量，再凭借这种力量去催生更多美好的心灵。这才是正确的活法。

…杨腾燕

与以往不同的是，今年家里开始上演催婚大戏，猛然间才发觉自己已到了尴尬的年纪，还没脱单就开始脱发。近来时常听到周围朋友哭惨哭穷，纷纷陷入“90后中年危机”，身边的人，似乎没一个过得好，这个年龄段既无功成，也无法身退。在看似相对单纯的大学里，学生焦虑成绩，老师焦虑科研，也轻松不到哪里去，那些自称佛系的一边念叨着随缘，一边挤破脑袋、争先恐后。难道人生就这样被玩完了？

师门寄语来得准时，看了好多遍，每次感慨都不同。各人自有活法，但归根结底逃不出套路。总有许多的无奈和情非所愿，也有许多的应该和心安理得。心境不一样，感受就不一样。的确，“苦中作乐就是乐，安贫乐道就是道！”一生中总少不了烦恼，好在我们还可以选择。生活在削平棱角的同时，也会磨砺出别样的锋芒。

幸得师父戒尺，期盼早日苏醒。

…刘　爽

年初有幸走进中学课堂进行教学实践，自以为只需大侃学习方法、聊聊成长经历即可镇住这些小同学。不料，他们纷纷向我投来“灵魂拷问”：“姐姐，人活着的意义是什么？”一时语塞，半天憋出一句在网络上看到的句子作为回答：意义的意义又是什么呢？

回来后，在心理学家弗兰克尔《活出生命的意义》中找到一句：生命的意义在每个人、每一天、每一刻都是不同的，所以重要的不是生命意义的普遍性，而是在特定时刻每个人特殊的生命意义。

而后，听师父讲解“当下才是真”的哲理，对意义的感受又真切几分：当下酸甜苦辣的体会，正是我们瞬间生命里不可复制的真。不管苟活、生活、乐活，我们都活在当下，而这三者的评判却不以物质多少、地位高低而决定。“苟活”远离生命的根本，而“乐活”才能够触及人的心底，享受到精神的富足与自由。

一晃又是一年，谨遵师父教诲，以诚待人，静心学习，能为“小确幸”瞎高兴，也能直面学习成长的困顿和难题，携三五好友一同研习学问，争取乐活一把。

…林　湉

伴着醉人的烟火，细细品读师父的寄语，感触良多。每至年末，内心总会焦躁不安，害怕自己又是一事无成，没有值得骄傲的长进。

过去的三百六十五天，于我而言挑战多多，主动尝试和被迫接受了许多新事物。不知何时起，我养成了反省的习惯，常常思量自己的言行是否能为师表、是否对得起良心、是否遵循着自由的方向。黑格尔认为“精神的特性是自由”，而这一种自由，并非任性。我历来凭性随喜，过得去就行，原本“佛系”。但是，正如师父所言，若对教育乱象也持“佛系”心态，那么平庸是为必然的结局。

下半年我体验了西北支教的生活，触动很深。教育没有绝对的公平，但一定要秉持相对公平的理念，因而在支教中努力运用有限的资源进行最优的教学。然而，面对西北大山中一双双渴望知识的眼睛，我始终无法释怀。在他们的眼中，生活既美好无邪，又残缺不堪。地域的差别如此巨大，再怎么“佛系”也无法退避，教育是任重道远的事业，需要我们每个人倾心投入。

紧跟师父，且行且学习，且行且进步吧！

…李保玉

师父以《活法》作文，向弟子们抛出了新年命题“人与人的差别大过人与动物的差别”，用情之深、用意之重，蕴于言行，跃然纸上。读罢，羞赧自省：去年有无活出“狗样”，新年又能否活成“猪样”？人本不同，活法多样，活出自我抑或活成别人，只在一念之间。佛说：“一念愚即般若绝，一念智即般若生。”庄子有问：“人为什么而活着？”杨朱答曰：“为了好好活着。”庄子的根本指向无非“真实而自由”——既指生命意义，亦是人生价值，更是教育目的。

真实与自由密切相连，真实的人生才自由，自由的人生最真实。率真敢为、随心随性、秉承天赋、顺其自然。雄鹰理应翱翔于天际，而非圈养于鸟笼之内；鱼儿原应出游于江海，而非徘徊于水缸之内。猪年之际，我也聊点猪事：邻家圈中有一小猪，其蹄可踏霜雪，其毛可御风寒，饿了就吃糟糠，渴了就饮泥水，高兴了就于坑中撒欢。偶有一爱猪人士，怜其幼小可爱，收养于家中，每日洗澡穿衣、固定三餐、按时作息，再训以上床睡觉、如厕撒尿等礼仪规范，俨然已成“人样”。后因身形渐大，爱猪人士无奈将其归于邻家圈中，饿难以食，渴无法饮，饥寒交迫，神形渐瘦，不日殁！究其原因，既不真实也不自由。这个道理，是猪都明白，可许多人依旧无法了然。

新的一年，我愿活成自己，向往自由，保留真实，勇敢前行！

…林苗羽

掐指一算，今年已是跟随师父畅游学海、品味人生的第三个年头了。回首来路，每一个脚印都印证着自己五味杂陈的成长步履。读罢寄语，前瞻路途，陡然发现自己的研究生生涯，已经余额不足！

和师父一样，除了人生旅程中的人来人往，我更喜爱与狗狗在情感上沟通交流。狗狗带给我的感动不仅仅是情绪上的坦诚与直露，以及对主人的忠诚执守，更有心灵感应的表里如一，只需点滴关爱，便回报涌泉般的快乐。在它们的世界里，似乎从出生起便习惯用一举一动来彰显世间的温情，能够在短短的生命历程中注入无限的精神活力，从而有效延展生命的欢悦。

生活中充满着辛酸与不易，一直保持狗狗般的单纯绝非易事。跟随师父的第三年，变化的是知识的储量和逐渐成熟的模样，不变的却仍是一颗孩童般想要探索世界的心。我渐渐意识到，只有自由感知时空中的美好，避免沦为生活的奴隶，才是导向“乐活”的力量，也是生而为人时最具魅力的面相。

时空一直在变，又似乎什么都没变，苟活的人自有酸楚，生活的人自在平凡，乐活的人欢乐无限。我们选择坚持与师父一起，恪守着一份简单、随喜，既不强求也不纠结的生存原则。

昆明的冬天，总是蓝天白云，何苦羁绊于偶尔的阴冷中无法自拔？2016，我来的时候平静如常；2019，我离开的时候难免泣不成声！

…许　莹

每个人都以自己的方式辞旧迎新。我庆幸身边有这样一位睿智导师，每年最后一天总是用“新年寄语”的方式与学生们真诚分享自己的年度深思。

这一年，老师棒喝“活法”，我仔细思量，答应如下：

首先，既不能做一个“佛系”的学生或学者，也不能做一个怼天怼地的“杠精”，要做一个“理性的乐观派”。其次，“活法”的质量不同、长度不一，必须把碎片化的时间重新拼凑与整合，挣脱“苟活”，主动“苏醒”，避免被“警醒”。再次，找到适合自己“乐活”的场域，可能是校园，可能是书斋，也可能是田野，甚至可能是内心深处。也许，大多数的人并不能提前知晓和精准设计自己“醒来的姿势”，但生活的舞台在很大程度上还是可以由自己搭建，尤其是精神领地，除了自己，他人无法经营。

作为弟子，我将精心孵化“想法”，努力磨炼“做法”！

…张樱凡

2018关键词，日本选出“灾”，牛津词典选出“toxic”，知乎是“热爱”，google是“美好”，而我自己，无疑是“改变”。

在去年六月的毕业典礼上，老师说“毕业了，我们依然不圆满”，“也许这个社会跟你想象的不一样，但是无论如何还是请你们包容它”……现在想起，无限感慨。无论学生时代多么美好或留有多少遗憾，最终我们还是不得不满怀不舍与期待离开校园，步入社会。时间无情，它会逼着你快速做出改变，迅速适应新环境、迎接新生活，无论以何种姿态。

这一年，我检讨自己、总结工作、审视生活，试图明了未知的将来，虽然也迷惘、也惆怅，但似乎看清了一些事情，明白了一些道理，渐渐知道了自己想要的是什么。于是，我更加热爱生活，开始尝试接触新的抑或那些想做却一直被搁置的事情，更加随性随心。

这个时代绝妙的文字其实不多，“天地运行无法改变，但是个体的活法却可以选择”，新年又至，唯愿能够找到自己的精神领地，可以专心耕耘。

…金寿梅

2018进入倒计时，期待的不是跨年晚会的巨星登场，不是台北101大厦的璀璨烟火。守着时钟，期盼的是晚十点的钟声，不早不晚，依师门内部约定，新年寄语如期到来。徒弟们焦急等待，借以安顿内在。

寄语相形之下，蒙昧之感油然而生。借机翻阅过去七年的新年寄语，再次品读琢磨，老师的教育情怀一览无余，如流水般浸入心脾。

跨年指针左右摇摆，回想过去一年台湾教育热闹非凡：实验教育法的通过，让各类实验教育学校或机构遍地开花，其结果足以影响教育整体发展趋势；面对教育政策的改变、课程教学的翻转，台湾教学风景正默默地转型，从传统、被动的学习模式，变得更积极主动、自发；我们期待孩子能找到学习的乐趣，并能选其所适，爱其所选，成为学习的主人。

在跟随老师攻读博士期间，我始终工作在教育第一线，和学校同人们一起努力，为孩子创造多元舞台，启迪孩子多元智慧；在学习关键时刻，让孩子天赋自由；为孩子找掌声，让学习自发互动共好；让学习无所不在：从生活实践中、从失败中培养孩子解决问题的能力。带领学生体验丰富、多元的学习，成为会沟通、能互动、积极促进社会发展的有用之材，是为师的天职。

2019充满期待与挑战，春日融融，我将离开现职，以领导统御的专才继续在教育领域深耕，担负更重大的责任，开创属于自己的另一片风景。内心揣度过往的岁月终究不算苟活，遥想对岸恩师教诲，“改变活法，始于想法，成于做法”，逍遥乐活。

…徐　娟

老师的寄语总是出乎意料，字字珠玑，表面诙谐调侃，字里行间却渗透着一位人文师者对大学生态的深深忧思、对徒儿们的殷切期待。

过去一年，高等教育的发展激发了众多大学争创一流的雄心。但是，一流大学的价值、一流教育的灵魂继续飘荡游离于文山会海以及刻板的学术管理体制间。大学组织和教师个体依然在各种规定下匍匐前进。追问真、善、美的使命被迎合各级别的大小评比、检查取而代之，培养学生健全人格的使命被论文发表和各类花式填表、考核所代替。如果大学组织和教师个体连基本教育规律都还要找来找去，卓越又何从谈起？曾担任哈佛学院院长的哈瑞·刘易斯认为，哈佛忘记了教育宗旨，最终成就的只是失去了灵魂的卓越。执世界大学之牛耳的哈佛尚且如此，遑论其他大学。

反省自身，我们大可不必整日为一些琐事怨天尤人，在无病呻吟中耗费大把光阴；我们更要警惕在日常的繁乱之中迷失自我，丧失斗志，沦为托马斯·埃略奥特笔下“有形而无式，有影而无色，有臂而无力，有势而无为”的空心人。

2018已成定局，2019一切皆有可能。新的一年，希望自己不再沉睡。

…周　宏

得知儿子的新年愿望是“养只吉娃娃”，虽然以他见狗就躲的做派可知这是单纯的愿望秀，还是忍不住立马重申：“喘气的，咱家只养你这一个物种。”在“狗有狗味儿”这件事上，我始终无法妥协。

是狗就有“腥气”，哮天犬暂不了解——狗主人再怎么体面，再如何精心打理，奈何鼻子总能绕开高级香波的遮掩拎出那缕腥；是人就有“俗气”，耶稣在内——初时皆为阴阳交合产物，后来都是五谷轮回容器。奋力脱俗、戒俗，仍难免俗。在与“改革开放同龄”的年纪，揖别斯多葛气质，回身拥抱俗世时不期发现：它才是这个世界的真实。

中华传统文化第一要义在整体观，俗人目之所及之整体，率在家国。西南联大的惊艳，在包括但不限于清北开一批高校的校长师生怎样看待大学与时局、与国运的关系，在包括但不限于“沈光耀”式的门第和子弟怎样抉择个人与家国、与民众的联系。联大上溯三十年，庚款学子出洋的身影和归来的步履；联大以降八十载，清华、北师大、陕师大咏唱“我和我的祖国”的校园快闪：都是年轻一代的姿态。

建不建“双一流”，大学都该求卓越；搞不搞“工分制”，学者都要做研究。罗曼·罗兰称：“世界上只有一种真正的英雄主义，那就是认清生活的真相后依然热爱生活。”以此箴言致敬2019烟火人间。

2018：千万别成为时间的笑话

鸡年岁末，说件真鸡真事：这一年，隔壁邻居养了一群母鸡，除了下蛋后欢歌几许，大家相安无事。忽一日动静很大，原来是引进了一只名声显赫的公鸡。从此小区不得安宁，每日天不亮就准时打鸣报晓，嗓音惊天动地，且恪尽职守，从凌晨五点多起，固定三至五轮次，惊扰边民，是为上班族睡眠之灾难。我不得已向邻居提出请求，希望他体谅乡邻感受，要么将其法办烹之，要么将其调离至僻静之处以削弱聒噪，白天再放过来与母鸡们汇合。邻居选择了后一方案，以为两全。前天，我终与之正面遭遇，只见那厮雄踞于围栏之上，居高临下巡视着它的女眷们，毛光水滑，器宇轩昂，好不威风。我被其气质深深打动，不禁赞叹：名分不虚，光彩照鸡！当即联想到王小波笔下那只特立独行的公猪。进一步思忖，顿觉惭愧，为当初妄图法办它的提议感到羞耻——啼鸣报晓乃其本性，音域宽广乃其功力，叫声婉转乃其造化，如因其应时打鸣而丢掉性命，鸡本无过，人之不仁也。万幸！没有因吾言冒失斩断鸡生理想。

明日再度啼鸣，当属 2018 破晓时，而我将秉持欢喜心，静候佳音！

动物们大体真实，该啼就啼，当吠则吠，而自诩为高级动物的人却不然，王顾左右，似是而非，藏而不露，所以动物再聪明也办不了学校，搞不了学术，只有人可为之。

过去的一年，教育发展势头强劲，大学校园捷报频传，学科建设标榜四处，值得颂扬。忽一日看到有人发来微信表情："一个人呆头呆脑呆坐地上，嘴里咕哝着：我可能复习了假书。"看后大笑不止！静心思量，这些年研究生们天天被教导要研究真问题、避免伪命题，教师们则被号召攀高峰、接地气。所作所为看似不假，其实也真不到哪儿去，大学课堂无比重要但无法度量，高深学术匍匐于指标脚下，真实研究大多变成了仿真研究（看起来像研究的研究）。换言之，没有人愿意作假，但许多人都在仿真。

真问题还是伪问题，有方法可以甄别；而仿真研究取代真研究，却容易瞒天过海。后者的危害更严重！技术可以仿真，学术却不能仿真。索尔仁尼琴说："一个纯洁地活着的人，应该可以很容易地看出什么是真的，什么是假的。"他老爷子说得轻巧，让他以诺贝尔奖获得者的名分受聘来当下中国大学里混个三年五载试试，很快就会发现学术这个颠扑不破的真理还是可以商榷的。大学里老老少少"做"课题，为"立项"而发烧，只服"维 C"（C 刊），相当怪异且匪夷所思。科学研究缘起于好奇心与探索精神，其主轴是独立思考。由独立思考而引发更多人的思考，就是教育行为；由独立思考而激起义无反顾的探究行为，才是学术研究。铺天盖地的仿真学术大行其道，无可奈何地证实了一个谬误：谎言重复一千遍就会变成真理。木心发现："眼看一个个有志青年，熟门熟路地堕落了，许多'个人'加起来，便是'时代'。"

年中，不知哪位高手成功复活了"油腻"一词，绝对是古词今用的神来之笔，对于当前世相人心的写照精准绝伦、无与伦比。其实，岂止是中年油腻，之所以这个词以迅雷不及掩耳之势流传于各类人群之中，盖因为各色人等均不同程度地有所习染。大学校园、文化生态概莫能外。地沟油无孔不入，学术人群也不例外，外在泛油光，内在阻气脉。而大家联手生产的学术垃圾就像地沟油，既污染自己，更污染时代！

化解油腻，冯小刚携《芳华》挺身而出。无奈时过境迁，芳华已逝，碎片化影像带出的感动及联想随着影院散场的脚步声迅速淡去，现实生活扑面而来，次日上班上学的足底依然会沾染尘埃与油渍。臆想和盲从作祟，使得有关美好的种种努力尽趋于外求之途：就文化组织而言，指标才是硬道理；就个人来说，面子比骨子更管用。大学人何去何从——芳华者，明亮的心境、斑斓的色彩、纯真的理想、敢爱也敢恨；油腻者，城府深厚、表情凝重、目光浑浊、机关算尽、不辨真伪。唯愿学术向芳华，少涉世俗趋油腻。芳华的上端是绝世芳华，油腻的极致是特别油腻。

言至新年，必生感慨："时间都去哪儿了？"这首歌及其改编的乐曲听过许多版本，直到鸡年春天的那一天，赵惟惟老师坐在钢琴前，不是用手，而是用整个人倾心演绎的旋律，深深打动了当时在场的每个师生，我才当即体悟到了"好听"与"动听"的境界差异。古往今来，多少人形容时间的存在、速度与变化，其实都不准确。时间本身无始无终，一直存在，既不会"逝者如斯"，也不会转眼成空。你过什么样的日子，时间就以什么样的方式如影随行。正念正行，快乐相依；无知鲁莽，痛苦捆绑。

时间哪儿都没去，而是你哪儿都想去。结局是想去的时空去不到，而不想去的时空难脱离。人心漂泊不定，造成人与时间的疏离，恰恰违背了禅指意向："水在哪里，船就在哪里；

船在哪里，人就在哪里；人在哪里，心就在哪里。”后果必然是小时候想长大，大了以后怀念童年；读书的时候发呆想工作，工作时后悔没好好读书；研习经典的时候嫌多，而书到用时方恨少；上大学一心为文凭，文凭到手后才发现没认真上大学。你以为时间没了，其实是你的感受没了，其他人、其他时间一样充裕，且与你无关。不是吗？你以为被消耗掉、不够用的时间，正是别人躺在沙滩上闲暇消磨的真实片段。

余音绕梁，经久不散。那一刻，抚琴人存在，钢琴存在，音符存在，旋律存在，听众存在，我也存在，而且这种深切的存在感会不断重现，反复挑动应者心弦。同一时刻无数次被复制，效应成倍递增，这一切均源自艺术的魅力。王小波的作品不断地被翻印，一万个人读，他的思想世界就扩展了一万倍，不断地影响着同一代人直至下一代人，甚至连带着那只公猪的生命时间也持续地扩张不停；贝多芬的交响乐每场四十余分钟，一千万人听过，九部交响乐百余年来上演场次以万数计，影响力膨胀系数何止千万倍；庄周梦蝶区区几分钟的小故事，两千年来占据并扭转了多少人脑海里的时间流；佛陀言说四圣谛十二因缘，指出了芸芸众生的轮回轨迹，时间无始无终，价值无量无边；瓦格纳死了，他依旧牢牢把控着追随者的时间，看他的一场歌剧要花费好几个小时；马克·吐温早就化为尘埃，但他的小说仍然占据着现代人的阅读时间，无数人沉浸在他的黑色幽默之中消磨时光，并从中获益。简而言之，时间可以被艺术锁定、被思想锁定，而且不断重现，没完没了。

谁说没时间？你思故你在，你不思考，何以存在？要知道，今天你是学生，学生在课堂才在；你是学者，学者在学术才在；而学生老师欢聚一堂，大学方真实存在。时间哪儿都没去，不是时间没了，而是自己没了！

2018的朝霞指向，无疑是摆脱油腻，唤回芳华，秉持学术真理，回归教育本真。新的一年，有的人当然会存活于未知的恐惧中，另一些人只能继续挣扎在盲目的自性里，还有的人依旧不得不混迹于无明的深渊中。徒儿们呀，与其焦虑人工智能在未来的某一天会取代人类，还不如担心身边的假丑恶直接在当下就占据了你的心灵。小行星迟早都会撞上地球，导致人类的灭绝，这是极小概率事件，其不会因为有人恐惧而改变运行轨迹，人类难以掌控；但是，如若现在就放弃了对善知识的兴趣和对美好事物的感应力，则立马就会变成行尸走肉，这却是大概率的结局。对于学生而言，要担心的不是你长大以后会怎么样，而是你还没长大的时候心就老去，错失芳华；对于学者而言，可怕的不是明天你的躯体会消亡，而是今天你探求事物究竟的精神已经提前萎靡。

很明显，这是一个聪明的文化人合纵连横的时代，算计优先，机巧上位。在教育不断进步的同时，人文持续虚化，个体日渐单薄……作为老师，我遏制不住地着急！学生也好、学者也好，大都微不足道，无法扭转生活的时空，但此生在学术道路上的所作所为，最好还是不要离开智慧的导引。新年到了，脱俗套、守人文、近艺术、求真理，争取先做一只忠于职守的鸡，再做一只特立独行的猪，尽量避免自己成为时间的笑话。

逃生的钥匙自在手中，看着办吧！

…张琪仁

看着董老的新年寄语，感动感慨，也羞赧自省。停下手头的课题，端坐在电脑前，嗯，得好好捋一捋！有没有上假课？有没有写假论文？有没有做假课题？反省再三，还好，良心没有痛，良知没有跑。但工作能力不足、工作效率不高，还是加了不少“假”班！

前两天研究生同学聊天，说起当年写毕业论文的各种趣事来。一同学当年写的是关于大学生职业生涯规划的论文，现在，他已经南辕北辙地从教育学跨界到了软件工程。这位教育学出身的软件工程师聊着聊着忽而感慨道：“当年太天真了，还规划。其实，没有什么问题是一年加三千块钱工资不能解决的。”群里哈哈大笑。费尽力气，搞了个假学术，有幸，入偏行，却找到了真人生。

那天聊完，我又把硕士论文拿出来翻了翻。《红楼梦》每看一遍都会有不同的感受，看自己的硕士论文我居然也看出了这样的体会。这一次看，我觉得全文写得好的地方只有致谢：“恩师博学多闻、治学严谨，对事理判断常有鞭辟入里之卓见，并能雅容学生，处处为学生着想。有幸受教于门下，以吾驽钝之资，如有寸进，实赖恩师的鞭策与感召！恩师严以治学、宽以待人、淳善睿智、乐观豁达，他对学问之虔敬、对周遭之从容时时激励我保持冷静的头脑、怀有热血的内心！”可怕，那么厚一本论文，就致谢还能让自己“真满意”。来年若能做点真东西，祈愿时间之后，它哪都没去，就在那里。

成为一名老师后，我更敬仰董老对学生的“雅容”与“放养”。放养——让高的长高，胖的长胖，白杨长成更坚毅的白杨，芒果长得味道更醇香；雅容——让黑的不嫌弃自己不白，让瘦的不嫌弃自己不胖。正是因为老师的雅容，我们这些高矮胖瘦、差别迥异的学生在一起，都各自愉悦、不卑不亢。悦纳是一种比迎合更重要的生存技能与心性气质！

愿我们历经千帆，归来若不再是少年就悦纳自己不是少年！“真老年”一点儿不输“假少年”！

…张樱凡

年初，某一天坐地铁，看到对面的小朋友和爷爷有说有笑，眼眶竟不由自主地湿润了。年中，有幸随董老一道去台湾参加学术交流，老师说：“要做一个让人感动的人。”此后，这话音便时时萦绕耳边，成为自己的警示。年末，陪同台湾王立文教授到校交流，听其娓娓道来十二因缘之真谛，忽然有所触动。回看一年，真正动心的瞬间其实都无法刻意营造，时间的美妙大抵在若有似无中偷偷发生着。

新的一年，朋友圈都在晒自己的十八岁，那些曾经不为所动的日子和岁月竟也在一天一天地累计中慢慢叠加，成为现在的样子。曾经标榜特立独行的90后也渐渐进入了保温杯泡枸杞的养生年代，“佛系”一词的出现似乎也直击90后的内心。不得不让人再一次感叹时间的神奇。

“现实的需要来自当下的匮乏”，这也就是为什么真学者要大声疾呼人文与艺术、纯真与芳华。尤瓦尔·赫拉利在《人类简史》一书中说：“整个动物界从古至今，最重要也最具破坏性的力量，就是这群四处游荡、讲着故事的智人。”而人的真正价值，只存在于反省之中。审视内心，道法自然，“既不忙碌于现实，也不驰骛于外界”。

我要坚守本真，掌控自己能够掌控的事情，先达到“合格”的标准，再追求“独特”之境地。

…杨腾燕

第一次接到传说中师门的新年寄语，感慨万千。初入师门，曾小心翼翼，生怕犯错。然第一次谈话就打消了心里所有顾虑：从喝茶聊到人生，老师劝诫，做人要谦虚，做事要真实；而学问之道则必须秉持真理，不能随波逐流。

当下人心多半混乱，漂泊不定，左顾右盼。这个工作沾点边，那件事情插一脚，今天这个朋友圈逛一逛，明天那个朋友圈浪一浪，到头来一事无成，未能体会生活本真，也没交到知心朋友，感慨时光易逝，后悔莫及。一觉醒来怎么又是新的一年，去年我究竟怎么过的？“我是谁？”“我在哪？”“我在干什么？”然后又一脸迷茫进入新的一年。归根结底，多半都因无法阻挡外在的诱惑、内在的虚妄，任其蒙蔽双眼、浸染初心。真实少了，虚假却越来越多。双眼渐渐失去辨别真伪的能力，却都学会了浑水摸鱼，学着半真半假地活着。我常想，教育应是一个神圣的领域，在这里追求真知、学习真诚待人。然而其间弄虚作假的新闻报道也不在少数。大学向着指标赛跑，教师盯着项目不放，为求得榜上有名，费尽心思。董老指出：“科学研究缘起于好奇心与探索精神，其主轴是独立思考。由独立思考而引发更多人的思考，就是教育行为；由独立思考而激起义无反顾的探究行为，才是学术研究。”受益颇深。真正的学术不应带有功利，不应掺杂虚假，倘若教育都半真半假，那又怎么孕育渴求真知的学子？

活得真，时间就留住了；学得真，知识就习得了。虚妄的片段终究会被时间遗忘，虚假的人心迟早会抱憾入土。感恩能拜入师门，日后定谨记教诲，珍惜时光，做真实的人，做真实的学问。

…许　莹

“多希望有一天突然惊醒，发现自己在一节课上睡着了，一觉醒来还在初中的教室里。老师的粉笔迎面而来砸到你的脸上，提醒你，上课不要睡觉。你告诉同桌，说做了个很长很奇怪的梦。同桌调侃你是白日做梦。你看着窗外的篮球场，阳光洒在脸上，一切都那么熟悉，一切还充满希望！”

这是我们心里想过无数次的场景还原，也是电影《芳华》最大的主题。人间有多少芳华，就有多少遗憾。一个人在经历了许多事情之后才会发现，青春真的是一个人拥有过的最美好的东西，而它最大的痛处在于再也回不去了。

我想起每次初中、高中、大学毕业的散伙饭，明明觉得学习生活枯燥、无趣又痛苦，盼着它快点结束，可是真的快要结束的时候，又依依不舍，回味无穷。正如董老精辟的总结：“时间哪儿都没去，而是你哪儿都想去。结局是想去的时空去不到，而不想去的时空难脱离。”但是，能真正做到“人在哪里，心就在哪里”的人，凤毛麟角。

2017年，微博舆论场中，因冯唐的文章《如何避免成为一个油腻的中年猥琐男》，掀起了网络的狂欢。“油腻感”似乎可以用来形容当下一切恶俗的现象，与“芳华”散发的青春朝气背道而驰。

大学中人亦一体两面。部分“油腻者”拥有无数头衔，但对“无利可图”的学堂和学生却处之漠然。些许“芳华者”一辈子只为“教师”这一称谓而坚守，却从来没有出头露面的机缘。其实，芳华或油腻与年龄无关、与阅历无关，却与人的境界选择相关。

2018年，对于爱旅行的我来说，第一件事就是策划一场逆着时间飞翔的旅行，从一个白天飞到另一个白天。当时间未曾改变时，我总在心中暗暗窃喜：我又从上帝那里偷走了几个小时，尽管最终还是要还回去的。

…林苗羽

新年前的夜晚，平安、愉悦，我静坐抚琴，虽谈不上动听，但足以使心弦随琴弦而动，以抒发一年来的情愫。此时，我忽然体察到返璞归真的意境，原来自己也是一只天真多情的动物，与身旁随琴而吠的狗儿一样，无忧无虑。

师父是真正的性情中人，开篇居然隆重推出的是一只恪尽职守的公鸡。于我而言，鸡年带给我最大宽慰的却是家里这只有情有义的小狗，无论开心还是忧伤，它尽可以鲜活、自由地表达，相对于人这种高级灵长类动物，狗对情做出的诠释最为生动。具有讽刺意味的是，作为人类原生状态直接体现的情，在现代社会反而更容易受到伤害。于是，情成为诗人作家的象征，而对于追逐名利的人来说，情搞不好就是成功路上的绊脚石。曾经，我许下成为一名诗人的远大心愿。我爱诗人那单纯真挚的情感、令人悠然神往的快乐、让人黯然神伤的幽怀，这不正是人们向往的率性生活形态吗？岁末，余光中先生的去世触动我颇多情愫，我宁愿相信，余先生走向了皈依。因为师父总说，多情即佛。此刻，心中的信仰随着新年的到来改头换面。我审视内心，几番挣扎，仿佛触碰到了那个最初的自己——感情丰富，爱幻想，很透明，却不离不弃！

读着师父的寄语，我反省着过去一年自己的言行是否与研究生身份相宜，同时暗下决心，在即将到来的本命年要像家里的小狗一样活得率性并且有情有义。或许本命年的使命就是要找回自己生命原本的模样。跟在潇洒的师父身后，学会率性地生活。

师父那“我道不孤”的号角始终萦绕耳畔，相信大学内外有情有义之人永远都会“诗意地栖居”在阳光之下！

…周炎秋

一切都还来不及回味的时候，2018的新年钟声已经敲响。第一件事当然是诵读老师的寄语，以为对照。

如果不是老师提醒，我还会游走在“成为时间之笑话”的边缘。巴菲特说过：“只有当潮水退去时，才知道谁在裸泳。”当时光流逝，“弄潮儿”自然浮出水面，有的成为时间的赢家，而有的只会成为时间的笑话！

作为学生，最关心的当然是学习。在一个克隆和高仿泛滥的时代，就连地沟油都能油脂粉面地混入大酒店。大学课堂里，高深学问间，是否也有值得质疑的精神垃圾？罗素说：“人生下来无知，但不愚蠢，糟糕的教育才会让人愚蠢。”幸好，恩师眼神不赖，并且时常告诫弟子们，让我们在迷茫的时候不至于迷失，真是幸运。

当我们学会了泡吧、学会了王者荣耀、学会了弄虚作假、学会了爱慕虚荣时，真、善、美同时渐行渐远；当我们的时间被外物一秒一秒地掏空，我们失去的正是自己。

还好，新的一年可以重新来过，我愿意擦亮双眼，努力钻研，不让自己成为时间的笑话。

…刘永存

时间对人类而言是唯一公平的东西：无论富贵贫贱，人每天的时间均等，个体的生命都有起点，亦有终了。然而，时间却又是最残忍的东西：韶华易逝，红颜易衰。也难怪金庸先生在《天龙八部》里用深情款款的笔调写下：红颜弹指老，刹那芳华。

也正因了时间的匆匆，每个人都憧憬自己的生命能够满树芳华，璀璨天下。于是人生便有了在这番憧憬里的找寻：为生命找到托付。学术一直被许多知识人视为能够抵御岁月侵蚀、弥补青春易逝的良药，也因此成为许多人寄以生命的托付。

对以学术为业的人而言，芳华自当有另一番景致和滋味。我最为叹服的是马克斯·韦伯那充满浪漫的定义：你生之前悠悠千载已逝，未来还会有千年沉寂的期待。

刚读时，只品出那岁月的孤苦，和着些许年轻时代富有激情的浪漫——竟天真地认为，学术之苦倒也能够忍受。等到真入了门，滚过了十年八载，才知其间五味杂陈，不可独嚼。

时间是学术佳酿的必要条件，然而并不是充分条件。要想佳酿成，时间、心思、技术、修为必完美结合。

小时候见自家老爷子制作本土佳酿，手法娴熟：洗涮用具、精选好米、用心蒸煮、掌控火候、做窝发酵、维持温度、蒸馏成酒。每一个环节、每一道工序，一人坚持下来，丝毫不敢怠慢，丝毫不敢有错。一步错失，佳酿成醋。对于学术人的日常工作、研究而言，何尝不是如此？选一个好题、确定好变量、控制好变量、设计好实验流程、搜集完数据、科学地分析。行文逻辑当须严密，推理必应严谨，统计理应科学，引注必定规范，任何一个环节、任何一个流程如果有些许误差，做研究之人本身有些许短板，几乎会断送一项好的研究。其间之艰辛非其中人士无法理解和体悟。所有这一切，除了时间，还需要“功力”——各项做研究必备之技能得样样精通，才有可能让生命在学术的殿堂绽放诱人的芳华！

一个人，要精通这十八般武艺，不独须时间的历练，还得有超常的定力（在这物欲横流的社会里，要修成这如数珍艺，而不被诱入旁门左道，该需要何等高深的内家功夫，方能制住内心那股狂乱的“洪荒之力”），更须有厚积薄发之志。试想，如许功夫，要一一打通，没有经年的厚积，怎会有喷薄而出的惊鸿现世？

当然，有时候还需要有那么一点点灵性：要练成绝世功夫，总得要打通任督二脉。就如立地成佛者也需要即时的慧根，否则，如我这般鲁钝，不走火入魔就已经是上天最大的恩赐了。

学术也是一场与时间的赌博，愿赌服输。要赌那就投入地赌一次，虽不说人人留芳华，但也真正寻找过自己，如此才不枉负了时间。但也大不可赌上半辈子才发现，自己入错了行，“我心本无学术情，怎耐俗世乱了心”，那就真真是误了人生、毁了芳华。毕竟，世界精彩，走得了路，人生何处都芳华。

…唐艳婷

年末，如约等来董老的新年寄语，真好奇那只器宇轩昂的大公鸡到底长啥样，反思着我的2017有没有成为时间的笑话。

这一年，迎来了期待已久的鸡宝宝。没日没夜地倾心照料让三十三岁的我居然长出了白头发。“无条件的爱”“陪伴”“鼓励”，这些出现在教育著作中的高频词语终于生动地浮现于自己的生活。一方面，我像海绵一样疯狂地汲取着育婴知识，那种渴望知识并全情投入的感觉让我体会到探究真问题的疲惫与兴奋；另一方面，质朴的婴儿直白地提示我教育学知识的僵硬与匮乏，让我开始重新审视自己所理解的教育理念与方法。育儿的过程充分展示了教育是一种在细节掌握上耐心又耐心的过程，一分钟，一小时，一天，一年，循环往复，这也许就是怀特海所说的“教育的节奏”吧！

这一年，曾经一起支教的小伙伴英年早逝，留下了两个年幼的孩子。心碎之余顿觉时间的刻薄，然后默默发誓，一定不辜负青春，拼命也要好好活。

儿子出生的喜、好友离世的悲，预示生命的轮回。师父啊，徒儿定会拿稳逃生的钥匙，潜心学术，迎接2018。

…赵宇琦

入学之初，每每提及所谓“研究”一词，总会让我感到茫然无措、不明所以。窃以为“身在其职需谋其行”，然而“研究”这厮却并不愿遂人心意，绝口不肯坦言自己的来龙去脉、实质行径，恰似雾里看花，若有若无。无奈之余，想到师父的建议，既然不能了然“知道”，那就不妨尝试“体道”，以求山重水复之间觅得生机、途径。

于是课余时间，征得大量书籍、文献轮番上阵，秣马厉兵。三番五次，历经数月，以为习得了前人的大体思路和方法，照猫画虎，试图拟文。然而，管中窥豹自然难识真伪，作文的时候常常是越写越大，越大越多，越多越空……师父点拨：作为研究生，不必追求高、大、上的命题去展开，只要找出一个真正的问题，就算再小，只要能把问题说清楚、讲明白、剖析透彻，就非常了不起。转念一想，其实道理简单，只怪自己尚未开悟，坦途走成了迷津，但就是这“刚刚好”的点拨却让我受益良多。如此循环往复地训练，虽然一学期结束成绩平平，但对于新生活、新角色的适应却相当顺利并乐在其中了。

通读寄语，我将以“时间”“芳华”“真研究”“忠于职守”“特立独行”作为新年的行动纲领，深入理解并逐步践行之。

…白文昌

年末岁首，大抵是出于对过去仍有遗憾或对未来尚怀期待的缘故，莫名地有些焦虑和惶恐。细数2017，自己做了许多周密的时间计划，年底却滑稽地发现这些计划竟然因为没有时间逐一完成而最终成了笑话。自责之时，老师的新年寄语如期而至，读毕醍醐灌顶！

一年来，该读的书没有读完，该写的论文“胎死腹中”，还常常以“佛系青年”之语聊以自慰。此时梦醒，才明白原来“不是时间没了，而是自己没了”。

人工智能的加速度为人类的“竞争癖”火上浇油，对时间的占有似乎也成了“网络纪元时代”最核心的竞争力，原本需要“静待花开”的教育也在效率至上的呼声中沾染着“揠苗助长”的陋习——提前毕业、提前工作、提前成功等呼声不绝于耳。宁静的校园里，满是步履匆匆的学子……我们真的快乐么？这是整个时代都应该深刻反思的问题。

米兰·昆德拉在其小说《慢》中问道：“慢的乐趣怎么失传了呢？啊，古时候闲荡的人到哪儿去了？民歌小调中的游手好闲的英雄，这些漫游各地磨坊、在露天过夜的流浪汉，都到哪儿去啦？他们随着乡间小道、草原、林间空地和大自然一起消失了吗？”我们童年时摸过的鱼虾、蹚过的河流，还有那些在阳光里追逐过的飞舞的彩蝶，它们都去了哪里？是时间将它们都湮没了么？还是因为我们走得太快，让它们走丢了？

也许，是时候放慢一些脚步了，慢下来才有时间去拾起那些远去的故事。毕竟，每个人都有自己的时区，在自己既定的时区里，一切都很准时，所有的着急都毫无意义。

落笔之际，咖啡厅里响起了歌曲《岁月神偷》，“时间是一场有去无回的旅行，好的坏的都是风景”。2018，愿度过的每一秒都能成为回忆里最美的风景！

…黄湘超

熬过毕业，能以“过来人”的身份品读恩师的寄语，别是一番滋味。回看这三年走过的道路，貌似平坦，背后却满是荆棘。所幸我有良师一枚，一路教育、引导、纠偏，终于“上岸”。

时间撒在哪里，就会在哪里收获。正是我们过去的选择，造就了当下的自己。当我们惊叹“时间都去哪了”，实则是在追寻迷失的自我、错失的方向。“读书的时候不想学习，毕业的时候不想工作”也曾是我的现实写照。本应是处在求学佳期的我们，急于投身社会杂务，毕业后才惊觉“无用”知识之可贵，继而埋怨时不我待，却不曾想是我不待时。

的确，“时间哪儿都没去，只是你哪儿都想去”。2017 年到 2018 年，我完成从学校到社会、从求学到求职、从学生到教师的转变，也越发体会到时间的妙处。根据 2018 年的朝霞指向，我还是先做一只“忠于职守的鸡”，再做一只“特立独行的猪”吧！

谨遵恩师教诲，唯愿弟子有机会再次“回游”……

…查文静

大学从来都不缺乏忙碌的身影和在路上的心灵。跨年就是期末，校园中尤为熙攘，学生们大都忙于论文或考试，在键盘和必考要点间讨生活。回想过去一年之得失，难免五味杂陈。业绩固然有成绩单为凭，论文、证书也可说明自己至少“学习过”。肖川老师说，如果一个人“从来没有读到过一本令他（她）激动不已、百读不厌的读物，从来没有苦苦地思索过某一个问题；如果从来没有一个令他（她）乐此不疲、废寝忘食的活动领域……从来没有对人类创造的灿烂文化发出过由衷的赞叹……那么，他（她）就没有受到过真正的、良好的教育”。正如陈平原批判的那样：“目前中国的大学太实际了，没有超越职业训练的想象力。校长如此，教授如此，学生也不例外。”大学教育意义感的稀薄是显而易见的事实。学生们对高学历的追求，有几人真正发自探寻真理的乐趣？向各种评价指标的靠近，有几人真正立志于自我的完善？大学时光短暂，我们竟然如此奔忙，究竟为何？先师孔子“信而好古”，他认为：“古之学者为己，今之学者为人。”“为己之学”的目标在于永不止息的自我完善，这样的“学”，不需要别人点赞颁奖，价值本就蕴含其中。朱熹引程子之话曰：“为己，欲得之于己也。为人，欲见知于人也。”“为人之学”迎合名利需要，多半为“学”所累，难以卓然超群；“为己之学”源出自然本心，在自身学识修养的逐步提升中，最终可能达致“从心所欲不逾矩”的自由。雅斯贝尔斯也说：“大学教育是通过参与大学的精神生活，培养学生深具内涵的自由。”大学教育或许赋予我们学历提高、就业优势等附加值，但我们更需要在学习中探寻真理、提升德行、美化内心，达到“为己之学”的境界，获得人之为人的自由与完满。

幸而董老在侧，间或可以警醒！

…沈 楠

“梦里芳华”是董老新年开讲的主题。在昆明世界书局里，他带领徒儿们共同举办了一场异彩纷呈的阅读活动，用梦想照亮现实，以芳华激励学子。整个下午，面对近三百位书友，他没有刻板的说教，只有温润的学理娓娓道来，风趣睿智的话语带着和谐与从容，激起听众内心的阵阵涟漪。在场的每一个人，陶醉于演讲、朗诵、钢琴、古筝和古琴的共振和鸣中——大学如来，不亦乐乎。

其间，董老说要感谢学生，如果没有学生，要老师干嘛?

闻言感慨，不禁想起今年他在寄语中的话语："学生老师欢聚一堂，大学方真实存在。"细细思量，"师生欢聚"要素有三。其一，老师、学生均不可或缺，否则，独角戏里就不会出现真正的思维激荡；其二，相聚是彼此同时在场，真实的感受无可替代，相互对视，教育不再目中无人；其三，课堂必须导入愉悦的心境，师生坦诚相见，激荡心智，有利于共同探究未知。

鸡年岁末，北京大学的陈洪捷教授在昆明翠湖之畔畅谈"宣纸上的北大精神"。他认为：大学精神不一定写在书里，但可以在人与人之间传承，因为精神的东西是在无言中被体认的。陈老师与董老师在论坛沙龙上你来我往，联手传递着大学文化精神，共同温习着远去的大学梦想。弟子们耳濡目染，深受感动。我看到、我感觉、我认可、我模仿——润物细无声。此即大学教育的真谛所在。

闻道于鸡年，体道于新年。弟子将闻鸡起舞，持续努力!

…谢　飞

与董老相遇，真好。

读罢寄语，脑海中不断映射出这一年中自己所亲身经历的"真问题"与"伪问题"。

"真问题"是：当年雄心勃勃、志存高远的同学相聚，虽还能围坐桌旁叙旧，却已不见曾经的豪情以及慷慨激昂，取而代之的是已然圆润的身体和脸上微微泛起的油光。半数人不曾圆滑，却已开始油腻；半数人还没有脱单，却已开始脱发。是时间使我们发生了改变，还是我们的改变构成了时间？

“伪问题”是：如何“卡”住时间？不知何时起，学校里“打卡”成为每日必须，多时一日四五次。常见“考勤卡”“礼物卡”，还有专为追踪去处的“定位卡”、督促锻炼的“早操卡”。轻者规定打卡次数，甚者规定限时打卡。“卡”虽众，题难解，无论是安全问题还是学习问题，岂是打卡就可以解决。时间不会停止，思想却会被“卡”住。

新的一年，继续与董老快乐同行，弟子将踏踏实实做一些力所能及的事，努力探索教育的本真。

…施丽莎

一年又翻篇了，充实、快乐又夹杂着挑战。远处飘来李叔同的《送别》，与小时候听这首歌不同，现在听来就可以捕捉到字里行间的平静淡然与一种慈悲的胸襟。以前的自己总是好高骛远，大学毕业后却去到了最基层，当了一名特岗教师，在农村中学教美术。面对各种不适应，偷偷哭泣在所难免。然而，时间改变了一个人：五年的沉淀让我成长。德加说过：“至少要看上去像一个合格的临摹者以后，才好去发掘自己的一点创造性。”艺术要忠于自己，而不要自欺欺人，用情感去表达绘画而不是用绘画去表达情感。德拉克洛瓦说：“许多艺术家的失败，仅仅是他们只接受一种画法，而指责其他所有的画法，必须研究一切画法，而且要不偏不倚地研究；只有这样才能保持自己的独特性，因为你将不会只跟着一个艺术家跑。”看来艺术和生活也是相通的，看待事物的见解要宽泛，对待事物的看法要诚挚。学生需沉淀，还需静心，世界并不浮躁，而是自己内心不安。今生有幸，能跟着董老研习教育学，他常说："读书越少越容易对环境不满，读书越多越容易对自己不满。"

读完老师的寄语，许一个心愿吧！

六祖说过："一切福田，不离方寸，从心而觅，感无不通。"2018年，告诉自己但行好事，莫问前程。

…周　宏

好一段真鸡真事，哪里是故事，分明是寓言。故事没有白听的道理，寓言更要省思参忖。人们惯常自恃高级动物来审视其他物类，以一己本位去品判他者他事。跳出物类本位，仁慈现；跳出一己本位，悲悯现。将鸡归鸡位，则可接纳它的忠于职守；把猪归猪位，则愈赞许它的特立独行。人如若可以不仅仅固在己类己位，也不仅仅拘于特定观照对象之位，而普遍地以慈悲宽容体察事物，大概不仅能以欢喜心接纳鸡的傲娇、猪的任性，亦可对欲烹鸡剿猪之人，生出些许理解和同情。悲鸡伤猪散发着人性的光辉，不为鸡伤不为猪悲，或者是冷情的智慧——话说多少年来，我都一直怀疑那只特立独行的家猪实际上是一只流落乡野而失落掉部分基因的野猪后代。其实，那些以家猪视之的特立独行不过是一只野猪的退化沦落，也未可知。

以真学术为追求、以真研究为准绳，在修炼学术的同时顺便把项目和C刊的指标实现一下，想必也是极好的。再则，学术研究所主要依存的高等教育步入产业化已逾二十年之久，按说学术也难逃一段隐形产业化的路。况且，学术垃圾只能影响学术界前行的姿态，但不会轻易地就改变了朝着真善美前行的方向。垃圾影响气味，却断断不会就此变了人们的口味。只要有真学术在，一息尚存足以澄清万里埃。

说句实话，直到最近，我才恍然体会到庄周梦蝶的况味。虽然高中语文老师的浪漫讲颂和大学思想史教授的陶然解说还历历在目，哪怕那些一直以来附庸风雅的自我感动都快让自己以为真的都懂。感谢现代科学的进展，时空弯曲、量子纠缠打开了又一扇认识世界的窗。在被科学提升了的宇宙观里，我们认识到人之为人的微渺，在微渺里复又踏实、苏醒和奋起。在无涯的时间荒野里，安心地遵从这一再好不过的安排，那些平淡的日常、琐屑的冗务权当是对神圣时空的虔诚膜拜。我不努力，学术不会失其庄严；我不倾注，大学依然人才济济，但唯其融入，我们自己才不会迷失和无意义。

既然是一颗悬浮的尘埃，我愿融入任何时空片段。凡尘俗世能结菩提子，烟火人间别开长生天。

2017：我真的不想说教，你完全可以不听

当日的心情当日才有感受。2016 岁末最后一晚，咬牙回到电脑旁，为了那些个真诚敦促我继续表达新年意愿的弟子和师友而继续着笔。

一年又一年，大总结、大展望的文章越来越多了，导致的情形就是“关键词”毫无关键可言，“重大事件”遍布全年，“哭瞎了”的短信看过之后立即眉开眼笑，“惊呆了”的消息在微信里跑三圈就消失，“一生必看”的那些东东其实看不看都活得挺好，“千万不要”或“一定要”做的那些事情做不做根本无关紧要。教育界叠加的“一流”号令依旧喊得震天响，持续在高大上层面上辗转；街头巷尾“蓝瘦，香菇”无厘头盛行，广西腔无意间迎合了大众心绪。五花八门的“常规型、特定型、数字型、疑问型、吹牛型、附攀型、限时型、不合常理型、事件型、吊人胃口型、色情型、恶毒型”的标题党强势闯入眼帘，随即烟消云散、了无痕迹。除了对有限生命时空的占据以及对事物本真面貌的干扰，实实在在的影响就是增添了许多呆滞的眼神和僵硬的颈椎。

师者难逃宿命——明知言多必失、说教有风险，还是喋喋不休，忠言逆耳必然讨人嫌！但，谁让咱们选择了这个行当

呢！如果你已经看见前面有个坑，发现那个曾经把自己绊得鲜血直流的坎，能保持缄默而不告诉身边的人吗？能冷眼旁观看着弟子们重蹈覆辙吗？……好为人师当然是为师之大忌，我真的不愿说教，只是为了避免爽约而抒发当下的真实感受而已。权作自我教育吧！

教育需要回归常识。这也许是今年证得的最大精神果实。活了半辈子，现在才知道，文化、教育、科学研究直至个体的生命原来存在着常识性的规律。喧嚣总是短暂，平实方能永恒，日常起居皆是道。而大道至简至易，学习成长之道、教育文化之道、学问钻研之道、天地人事之道，概莫能外。虽然如此，人们为何不能慢生活？为何不能清净本心？为何不能同日而语？为何不能说一样的话？为何不能示弱？为何不能跟随大流？……罗伯特·罗兰太过直白，他说："这个世界的问题，不在于聪明人充满疑惑，而是傻子们坚信不疑。"

在常识中，通过"知道"与"体道"的不同匹配，人大体分四种。其一是既知道又体道，其二是知道而不体道，其三是体道而不知道，其四是既不知道也不体道。第一种是觉悟者，第二种是聪明人，第三种是憨实之辈，第四种是愚蠢之徒。作为虚长几岁的老师，我零星知道些许，间或体道一二，基本上归属于四不像的主儿。

释迦牟尼知道四大皆空，但躬身体道，始终珍惜擦肩之遇与普度之缘。他说："无论你遇见谁，他都是你生命里该出现的人，绝非偶然。"所以，"无论我走到哪里，那都是我该去的地方，经历一些我该经历的事，遇见我该遇见的人"。

伯特兰·罗素知道"不可随众行恶"，于是毕生体道于"对爱情的渴望、对知识的追求和对人类苦难不可遏制的同情"这三种纯洁而无比强烈的情感之中，不断宣称值得为此而活，并且表示如果有可能的话，还乐意再活一次！

木心知道，“过多的才华是一种病”，所以体道入微。他要尼采的那一分用过少些而尚完整的温柔；指出莫扎特除了天才之外，实在没有什么；认为康德是个榜样，终生一地，单凭头脑，做出非同小可的大事来；首推司马迁为悲恸中之坚强的代表；发现勃拉姆斯的脸在音乐中沉思，脾气大极了；明辨希腊神话是一大笔美丽得发昏的糊涂账，因为糊涂，所以美丽。最后破题：鹤立鸡群，不是好景观——岂非同时要看到许多鸡吗？（特别对在鸡年敢于立起来的鹤，鸡们大概不会袖手旁观。）

莫言知道，所有坏人的结局都是一样的。所以他选择了文学作为体道之利器，试图通过文学作品告诉人们，在资本、贪欲、权势刺激下的科学的病态发展，已经使人类生活丧失了许多情趣且充满了危机。劝诫人们悠着点、慢着点，十分聪明用五分，留下五分给子孙，并且深刻预见到文学无法使人类的贪欲有所收敛。尽管结论悲观，但自己仍然不放弃努力。

林语堂知道，教育或文化的目的不外是在发展知识上的鉴赏力和行为上的良好表现，于是，他引领后学体道前行。一个人必须能够寻根究底，必须具有独立的判断力，必须不受任何社会学的、政治学的、文学的、艺术的或学究的胡说所威吓，才能够有鉴赏力或见识。成人的生活必须挣脱如下束缚——名誉的胡说、财富的胡说、爱国的胡说、政治的胡说、宗教的胡说，以及骗人的诗人、骗人的艺术家、骗人的独裁者、骗人的心理学家。他同时强调：一个研究者一旦放弃了个人判断的权利，便只好接受人生的一切胡说了。如果一个人是虚怀若谷的、好问的、好奇的，冒险的心智始终保持着探索的精神，那么，知识的追求就会成为欢乐的事情，而不会变成痛苦的工作。

与此相应，在常识的救赎路径之中，选择有三：或自救于心，或他救于形，或无药可救。觉悟者可以自救，信任者可以获救，而彷徨者无药可救。后者即佛指“所知障”者，自己不能知，亦不相信别人所知；已经知道的容易成为进一步知道的障碍。如此面对现实，学人的解构路径大多一分为二：要么成为学究，要么成为学阀。前者穷尽根本方可走通，后者俗到极致亦能运达。唯恐浅尝即止，到口不到肚，两不将就，似是而非，势必一事无成。另有一途可以突围，但风险极大，搞不好就左右为难，里外不是人。此即所谓理想与现实相结合之路。走对了创新发达，走错了面目全非。如要两全其美，在和谐融通之道上必经理性批判这个不可跨越的坎。只有对现实的批判才能超越现实本身。那些只想用现实的态度研究现实问题的人们无异于缘木求鱼、竹篮打水、老牛拉磨、原地打转；而秉持理性的批判精神直面解析现实问题则少不了纠纷，必有矛盾纠结。这才是学人获得救赎的根本问题。丹麦哲学家索伦·克尔凯郭尔指出：“只有往回看才能理解生活，但是生活必须向前看。”说得轻松，往回看都是已知的常识，往前看尽是未知的学问，复制已知的部分安全而无趣，挑战未知的部分充斥风险与诱惑。

江湖无处不在，选择性生存是永恒的难题。鱼死网破还是随波嬉戏？两全之策在哪儿？智者又将何去何从，实现平衡？《肖申克的救赎》男主角在片尾感慨：“人有两种，一种忙着死，一种忙着活。”自己看着办吧。

既无完美，犹可疏离平庸。“现实”常常给“道理”开一些个不大不小的玩笑。常识并非颠扑不破，同样会使世人陷入困惑。2016，特朗普当选，完美地诠释了马云的英明论断：

“梦想还是要有的，万一实现了呢！”

一篇署名“拾遗”的网文很有见地：轻易被感动、轻易被激怒、轻易被吓住、轻易被诱导……当下横亘在人群中最幽深的分野，已经不是信息多寡所形成的“知沟”，而是判断力强弱所分化出的“智沟”。在这个信息、思想、流言、谎话满天飞的时代，愿你我学会“守脑如玉”。

说到底，谁也救不了你，只有你自己救自己。因此，为师唯一能够把控的，就是用自己的嘴说服自己的心！萧伯纳有言在先：“我希望世界在我去世的时候比我出生的时候更美好。”——对于中国教育，我与萧伯纳先生抱有同样的期待！

梦醒 2016，穿越常识的逻辑，我彻底意识到：教育不是竞技活动，学术研究不是资源战争，高等学府不是斗兽场。

假如天堂也搞排名，我宁愿留在人间！

呀！已经二十三点五十七分，还有三分钟跨年钟声就要敲响，祝已毕业、待毕业的弟子以及关心教育文化的朋友们新年快乐！

…沈　楠

寄语开篇，您的“咬牙”很传神。不由想起，您曾纠结于“五年一轮过后，写还是不写？”那一刻我不假思索跳起来拍着手大喊：“写嘛！”您哈哈一笑：“你们会失望的。”之后，热切祈盼掺杂着不舍，2016最后一晚数着钟声忐忑等待，正要失望之时，寄语还是如期而至了。

字里行间娓娓道来，发自肺腑、感人至深。我，在文字这边，内心更加安静，于己于事，有了新的思索与体会。

令人振聋发聩的主题词为“自我救赎”——正是师徒初见时您对我的殷殷期待。其实，有关自我的词语俯拾皆是：自我理解、自我欣赏、自我激励、自我管理、自我教育、自我和谐……但，“救赎”二字使人心惊。的确，唯有身陷囹圄又渴望存活者需要被拯救，吾侪是否身在其中？

当下，网络几乎无处不在、无所不及，现代人遨游其间，日渐失去了选择、甄别、接纳、拒绝等独立思考能力。反观自己的生存状态，每日遭光怪陆离的信息绑架，时常被热点焦点的浮标蒙蔽，顺便还与那个懒于落实、投机取巧、害怕失败的自己相遇……哎呀呀，真不好！谁来救我？

“说到底，谁也救不了你，只有你自己救自己。”一语惊醒痴人。

内省于心依旧无济于事，唯有内外兼修方能兑现落实。近日，聆听九十高龄的张文勋先生追忆恩师叔雅先生，我发现：不知何时，自己遗失了小时候对学习的恭敬、认真和严谨；忘了何日，自己开始似是而非、凭空臆断、望文生义（叔雅先生所云“读书三大忌”）。汗颜、羞愧，起身，翻找出二十年前的《新华字典》，轻轻拭去灰尘。把手机调成静音，关闭即时通信，还心灵些许安宁。

有法师曰："人生就是顿悟、渐修的过程。"顿悟或可来自为人师者的当头棒喝，此后的渐修力行才是成长的必经之途。

新的一年，带本字典，少看微信。

…林苗羽

2017年如期而至，在收到董老新年寄语的一刹那，激动之余，忐忑不已，因为我不知道我能否将摆在前方的漫漫长路走出自己的模样。钟声敲响之际，我默默许下来年愿望：简单生活就好！

转眼已经走过了二十二个年头。小结一下，"简单"二字甚好。何故？爱看书，不爱交际，爱胡思乱想，不爱保持清醒，沉默寡言，默默无闻，这就是我，一个时常被家人担心今后在社会上"吃不开"的女生。我"简单"得似乎不食人间烟火，只乐活于自己的小世界里。历经家人开导，我察觉出自己性格上的缺陷，所以在本科四年里，社交活动逐渐增多，其间，也曾被人性之复杂、世道之艰深所累。不知人们常常将"活得简单"挂在嘴边到底是何意味，既然做不到，又何必言说！不过是自欺欺人罢了。对不喜欢的说喜欢，对难看的说好看，这就是所谓的礼节或涵养吗？一晃眼，裹挟着迷惘、矛盾的我进入了云大东陆园，投入了研究生阶段的学业，继续在人生旅途中与"现实"和"道理"纠结前行。

所幸，得以跟随董老，在游学中用心和脚步去丈量人生，更喜欢与老师品茶时，在不经意间感知生命的脉动。您说做人要"自然而然"，要达到这样的境界，丰富的阅历是绕不开的坎儿。在您周围，耳濡目染尽是"道"，宁静致远，不忘初心，学会剥去蒙在心灵上那件虚伪的外衣，笑看人生，游戏人间，用真意，诉真情，不失温润。

鲁迅曾摘译过岛崎藤村《从浅草中来》中的一句话："我希望常存单纯之心；并且要深味这复杂的人世间"。真正的简单，就像明镜，照出了世间纷繁。余杰说，有真心的人，"像星辰，永不坠落；像灯火，永不熄灭"。

董老之为人师，"捧着一颗真心来"，力促弟子们做真做实。此生何其有幸，一入师门学如海，相信未来三年将书写我人生中绚烂的一笔。虽然疑惑尚存，但弟子定将用心感悟，用力体道！

…金寿梅

擎举一烛灯火，映照无尽美好。多少纷乱心猿意马，总不忘您新年珠玑咳唾，促使弟子及时收束心性，重新出发。

过去一年，除了持续汲取新知外，因应职务调整，我耗费了大半的心力领导统御掌握新职，虽然有时焦头烂额，回首再看却是收获满囊。勠力工作，有时会让人变得冷峻强硬，失去温度。

回首从事教职，不论晨昏晴雨，坚守岗位，认真履职，自励不怠，二十八个寒暑倏忽而过。期许自己勤勉深耕，精进专业；提醒自己莫忘初衷，让教育志业，风丽如旅。不同历练也让自己的行政领导带来不同的视野与风景；千钧重负，任重道远让我更勇于承担，贡献己力，服务更多的人群，我的光热是为了温暖他人而存在。

董老，您放心继续说吧，远在台湾的徒儿愿意一直听！仅借日本诗人谷川俊太郎的诗勉励所有人师与莘莘学子，来日凭借这点光亮，去与生命中无尽的美好相遇：

"活着，此刻

活着代表，鸟儿振翅

大海汹涌，蜗牛前行，人们相爱
你双手的温度，即是生命”

…梅晓芳

董老的寄语已成开启新年行思的首要信号。守候如初，反复咀嚼，字里行间，无尽深意。

今年的辨析，再一次把我拽回“知道为智，体道为德，而道成于行”的茶桌边，从“知其然而不知其所以然”到“知其然且知其所以然”的“智”，再到“从道、守道、乐道”的“德”，直至“知而不能真切笃实，便是妄想”的“行”，问道、知道、体道、得道，前路漫漫无尽期。

而面对现实，我们大多止步于“知道”，因为惰性、因为功利、因为强权；也有时将自己伪装成完美主义者，为不去做的那些事情铺陈完美的借口，而且振振有词：“做不好的事不做。”于是，甘于随流，乐于从众，躁而不静，最终一事无成。

努力行动吧，我即开启自救的程序。

…黄湘超

摆脱睡眼惺忪的状态，读罢老师的寄语，方才惊觉已被旧年的浪潮推到新年的岸边。生活与教育理应回归常识，可为何越是基本的常识却越容易被人们所忽视呢？的确如此，当人人都追求高大上时，忘了常识、少了修行、失了本真，徘徊于自救、他救与无救之间。

有人言：“成功有一百个母亲，失败却是个孤儿。”无论小学、中学还是大学的教科书，以及家庭、学校乃至社会传媒都时常教育我们要追求卓越：从古代悬梁刺股的孙敬、苏秦，凿壁借光的匡衡，到现代白手起家的马云、平地青云的比尔·盖茨或乔布斯等，都是成功的典范。即便是谈论到失败，最终目的也仅是冀望于我们绝地反击，不负众望从而出人头地。

我们拼命地学习怎样成功冲刺一百米，可是从来没有人教我们：跌倒时，如何跌得有尊严；膝盖磕得血肉模糊时，如何清洗伤口，如何包扎止血；痛得无法忍受时，应该用何种表情来面对他人；走投无路时，如何才可抚平内心淌血的创伤；心碎如刀绞时，怎样收拾才能重获灵魂的平静？

说不准我们哪天也会摔跟斗，那要怪谁呢？董老就是那个提前给予警示并用肩膀为我们铺垫征程的人。

与其来日懊悔，不如当下启程修行。

…谢　飞

匆忙之中，2016 年就这样过去了，意外总是大于惊喜。

我喜欢缘分这个词，若不是有人暗中怂恿，现在的群落又怎么会在人海中选择了相逢。

上半年，我告别了一群人，一群共处职场三年的人，是在我无法明辨未来道路的时候，让我有重新选择机会的人。在与他们相处的三年里，我明白了用心去交流，换来的是真心，但毕竟有限，总会归于疲倦。我希望再次进步，于是选择了转换，去向一个更加接近梦想的地方。

下半年，我加入了另一群落，来到了云南大学高等教育研究院，我喜欢这里，一个第一次和你说话时就能看见微笑的你，一个带着希望与梦想的你，一个能够真正体会“hope is a good thing”的你。有人说我选择了一条不好走的路，一条不知道会将我带向何方的路，我为此迷惘，但充满希望。

有希望，有梦想，还要有一个努力的自己。身处这个标题横立的时代，是随“水军”一起“愤”勇前行，还是潜心钻研，抑或是被锁在手指间空虚的“朋友圈”，低着曾经会平视也常向前看的头而忽视周边人的成长，不断错过片片风景。学习的时光稍纵即逝，我该怎样把握？

2017，我计划用最好的状态，努力做得更好。

…白文昌

年末最后一天还和师姐讨论，大家都在猜想董老是否真的会在今年罢笔于新年寄语？抱着热切的期盼一直守候到新年钟声即将敲响的那一刻，其间，多次刷新邮箱，以为真的等不到了，但当窗外的烟花灿烂绽放时，寄语却如期而至，感谢吾师带来的惊喜。

“多读书，多写作，能吃亏，要主动”，与师父初次相见时得到的教诲恰似发生在昨日一般，然半年时光却已经溜走。于弟子而言，2016年可谓刻骨铭心。爷爷离世让自己深切地感受到爱与陪伴从来都经不起等待，生命中许多分别有时候真的就会变成后会无期的永别；返校求学后幸得师从董老，或品茶论道欣赏琴棋书画，或游学于名山古寺拜谒得道高人，师父言传身教，弟子获益匪浅。这大概就是古人所谓“从夫子游”的现实写照吧。

有人说，人生就是一条归途，所有的出发都是回归。仔细想来，教育又何尝不是如此。培养什么样的人、如何培养人、为谁培养人，其实最终的落脚点都要回归到“人”。我想，不让人的本质脱离人本身，这才是教育的终极意义，只可惜我们对于这一“常识”的认知似乎有些晚了，唯愿还来得及。

师父说，在常识的救赎路径中，“或自救于心，或他救于形，或无药可救”，最后告诫弟子唯有自己方能救自己。现在想来，正如尼采所说，对于我们的人生，自己要对自己负责，要充当真正的舵手，不要让生存等同于一个盲目的偶然，世上有一条唯一的路，除你之外无人能走。它通往何方，不要问，走便是了。

然而救赎之路在哪里？走错了又当如何？幸好有师父结伴同行！2017，弟子铭记教诲，努力践行“不乱于心，不困于情；不畏将来，不念过往”，并且力争“守脑如玉”。

…代 斌

辞旧迎新之际，各种社交平台总会呈现铺天盖地的年末总结和新年展望。2016悄然离去之时，谁还记得年初时的展望？如果仅仅按照达成既定目标的量来判断学习的成就，那去年目标的达成度是多少？如果用教育增值法来判断，作为学生的我们在这一年的学习中又收获了什么？无论量化是否有意义，这个系数还是会让我无地自容。

除了学习的效率之外，教育的目的也是今年与老师讨论较多的话题。大学里各类评奖评优带来的问题一波未平一波又起，大家都在“争优”的路上越走越现实，为了评奖评优变得更加“努力”，而这种努力似乎并未让更多的学生品味到收获的喜悦，反而因为与“奖励”对比的反差而造成了逼人的压力。对知识的渴望是人类本能的追求，正如林语堂先生所指出的那样，知识的追求应该成为欢乐的事情。而每个人想要保有什么样的学习心态，当然取决于个体的选择。

新年伊始，研究生的学习应该有个研究生的样子，读书、写作、思辨、研讨，缺一不可，我在研究生旅途上的修行还将继续。唯愿能如老师所说那样在信息满天飞的时代里“静待花开”，无论有多少挫折与困难，我平心静气，耐心守候着柳暗花明、豁然开朗的那一刻。

…张樱凡

新年钟声敲响之际，有人在伦敦眼绚烂的彩灯和烟火表演中欢呼尖叫，有人在纽约时代广场的人声鼎沸中等待水晶球的落下，有人在日本新年的钟声里默默祈福……我们，则在时间刚好跳到 00：00 的时候，收到了董老的新年寄语。那一刻，惊喜、感动之情无以言表。

2016，最大的收获莫过于领会了“活在当下”，不念过往、不畏将来。有人调侃“听过许多道理，却依然过不好这一生”，这其实印证了董老关于“知道而不体道”的论述。前人的经验、长辈的教诲听到的时候似梦初觉，信誓旦旦立下flag，要废寝忘食、发奋努力，然而，时间愈长，脚步愈慢，之后便成浮光掠影，自然达不到想要的境地。

喧嚣世界，大家各自忙碌，“我怎样”似乎才是一切事件与讨论的核心和根本，而极少有人在乎“你怎样”。因此，在铺天盖地的网络营销、千篇一律的网络鸡汤“炸裂”的时代，遇到发自内心、真诚温润的话语已然难得，庆幸之余，还得赶紧行动。柏拉图在《理想国》中提到：“赚钱的人喜爱自己的财产，不只是因为它有用，同时也是因为钱是他们自己的劳动成果。”知道而又体道，即使从铁窗往外望，也会看到满天星辰而非满地泥泞。

余华说过：“时间创造了诞生和死亡，创造了幸福和痛苦，创造了平静和动荡，创造了记忆和感受，创造了理解和想象，最后创造了故事和神奇。”再往后，踏实努力；其余的，交给时间吧。

…徐　娟

过去的一年，我终于实现了由学生到教师身份的“华丽转身”。然而，理想总是敌不过现实，当学生时代的美好憧憬遭遇现实的工作困扰，竟变得日渐模糊，与自己渐行渐远。每天除了埋头于文山会海，疲于应付各种财务报账、计划总结以外，思考严重阙如。年关又至，扪心自问：梦想还有吗？

无疑，梦想是必须要有的，无论是马云预见，还是特朗普当选，都证明了这一点。但理想的教育为何到了现实之中，就只剩下“供给侧改革”“‘双一流’建设”“应用型转型”“创新创业教育”“互联网+”等数不胜数的时髦、响亮口号了呢？2016，高校比往年显得更加热火朝天，一派繁华景象！然而，教育中的“人”却不见踪影。

所幸的是，“四个回归”让我们稍安勿躁。真是的，作为百年树人的事业，差点把“教育有规律”这件事遗忘殆尽了。其实，“回归常识”“回归本分”也好，“回归初心”“回归梦想”也罢，说到底就是要坚信一点：万变不离其宗，无论教育政策、教育方针、教育规划、教育口号如何变化，教育的本质不能变，即以师生为本，以教书育人为根。教育是个慢活儿，需要的是安静的策略，切忌急功近利和朝令夕改，东一榔头西一棒子只会让教师和学生们晕头转向，不知所措，到时就真的难逃“蓝瘦，香菇”的宿命了。

社会现象瞬息万变，教育生态千姿百态，是是非非、真真假假，如何分清？王尔德早就做过判断，轻浮是最大的恶，无知是最大的耻。在信息漫天飞扬、无孔不入的当下，唯有增强辨识力，练就火眼金睛，才不会像勒庞笔下的“乌合之众”一样，在人云亦云中消解了自己！

争取和董老一样，做一名真正的大学老师，用心对待学生、严谨对待学术。哪怕做个说真话讨人嫌的主儿，又有何妨！

…赵国润

学生资质驽钝，治学懈怠，本不敢有提笔之念，受棒于董老，勉而行之。

愚之所见，举世茫然，随风而动，盖因无根。此根者，文化也。忆中华往昔，单举尧舜禹汤文武周公之文脉，至孔子删定诗书礼乐于乱世，其承传已数千载。其间之中华民族，虽历数次灭国之乱世，而文脉不绝，乃至外来之统治者，反而被本土文化征服，屡见不绝，为何？文化根本之力也！端赖文教之力，人心世风，方得定海之神针、航船之稳舵矣！

中华文化之花团锦簇，生花妙笔亦难尽书！拙词劣句，斗胆举儒家经典之点滴言之。首当论者，人生在世，当何所为？此事不知，如无根之树、无舵之船，如何不乱？如何不迷？先圣之答者众，“子曰：志于道，据于德，依于仁，游于艺”，其高远博洽，何待多言？“曾子曰：大学之道，在明明德，在亲民，在止于至善”，以此为纲，上至天子，下至庶人，皆得其立身立命之根本，正心诚意修身齐家治国平天下，人道之路步步踏实，何其壮哉？

奈何！战之时，乱之局，毁之甚矣！中华文化之慧命，于今悬若游丝！物欲之狂风横扫，今时之人所推者，学而优则商，学而优则仕！一不曾学经典之智慧，二不曾学历史之经验，没有经史合参之根基，直若浮萍，飘然无依！己之文化尚且不知，何谈融贯中西、博洽古今？

其果自然可见，如董老所言，轻易被“格式”，既没“格调”，更无“格局”，众皆失心。恩师嬉笑怒骂，带领吾等一群活蹦乱跳的徒弟，研习中西古今之经典，愤争于文化教育之火线，不亦乐乎！

…周炎秋

新年钟声敲响之际，真的收到了传说中的寄语，如饥似渴地捕捉其间的深意，字里行间无不流露着老师对弟子的关心、对教育的希冀。此刻的教诲意义非凡，在一年中最不确定的开端，老师的教导如暗夜孤灯，让我在迷失、彷徨、随波逐流的当下看到了进取的方向。

人生的真谛怎么到处都是？在这个太过浮夸的世界，孰是孰非，鱼龙混杂。人人慌乱不已，各界忙得不亦乐乎，正如一首歌所唱："世上还赞颂沉默吗？不够爆炸，怎么有话题，让我夸……"仿佛没有"新词语"就不够时髦，没有"新动作"就不够高大上，没有"爆炸性"就不够吸引眼球。

董老寄语让人归于沉静。如果我们能够时常审视自我，保持初心，就能看对方向，守住梦想。在这个忙碌喧嚣的时代，"知道"容易，"体道"难。老师教导弟子要"顺其自然，自然而然"，弟子"知道"了，但离"体道"依然很远很远。

幸有缘结为师徒，聆听率真老师所布之"道"，虽远离家乡，弟子心中依然温暖，只想说：遇见您真好！

…李　梅

毕业辞别高教院，离开了充满着教育理想和激情的董老，回到中教职场，转眼三年，手持导师的寄语，感慨万千！

最红不过网红，最快不过直播。"国民老师"张雪峰因为他与众不同的语言迅速走红，甚至冲出地球，走向"火星"。如同安迪·沃霍尔预言的一样，每个人都有十五分钟出名的时间，都能在半小时内成为名人或从名人变为普通人，迅速被关注又迅速被遗弃。

巨"网"之下，教育者无所遁形。教育者不完美，于是便把他们的缺点放大无数倍。坊间少不了批评学校以及教师们的荒谬之举，指责其扼杀了学生的个性，约束了学生的自由发展，泯灭了学生的感情，影响了学生发散性思维、批判性思维、独立思考能力的发展，个别报道甚至直指教育者的“良心”有问题。师者俨然成了刽子手或法西斯，摧残一切生机与希望，只留下满目疮痍。

问题在哪儿？出路又安在？

如今教学确实充斥着标准、模板、技巧、方法。我们希望能通过平时的训练，使孩子在考试时看到题目便能在记忆库中以最快的速度搜出最完美的那个模板，一切都能简单化为“刺激—反应”的过程。蔡元培说：“教育是帮助被教育的人，给他能发展自己的能力，完成他的人格，于人类文化上能尽一分子的责任；不是把被教育的人，造成一种特别器具。”而我们的所作所为正是如此。

在数字作为衡量与考核标准的时代，学生的每一分都关系着老师的收入、升降、职称；都关系着学校的排名、生源、可获得资源的多寡；都关系着学生能否进入某一类型的大学，直接决定他的未来会被“仅招某一类大学的毕业生”的单位接受或拒绝；甚至变成整个家庭的唯一希望。在这个时髦的大数据时代，学生的生活轨迹已简单化为由许多数字连接成的曲线，这道曲线里不包括情感、不包括价值观、不包括独立思辨的能力，这条曲线的走势能够强烈地影响或者撼动个人乃至整个家庭的命运。每一个数字都重要，每一分都肩负着责任。因此，老师希望学生有一条漂亮的上升曲线，能在苦苦煎熬了十二年之后的两个半小时考试中，尽可能地拿到高分，并据此达成凤凰涅槃之梦。

作为老师，当然会在情感与理智之间挣扎。与学生朝夕相处，他们的小想法、小心思，是那么的纯真、那么的鲜活，充满勃勃的生机。我也想与他们分享一切的喜忧哀乐，却不得不转而警告他们务必把更多的心思放在“学习”上；我很想多与他们探讨宝黛之间的感情、古典桐城派的散文之优美、娜拉离家后如何生活这一类话题，但知道这一切于考分无益，不得不做出取舍——我眼看着越来越多的学生从鲜活变得机械，从明媚变为暗淡，为了冲刺分数而做出了牺牲。

当然，也有许多教师死死坚守着，努力在教授应试技巧时，多一些情感的关怀；在博取分数时，能关注到不同的个性；在讲解模板时，能聆听一下独立的思考。

董老请放心，得你教导，我会持续在教育常识的道路上尽心尽职，不忘初心！

…周　宏

说还是不说，这是一个真问题。不说，是惜我体己的态度；说，是仁者爱人的情怀，尤其是当有那么一群人真诚地期待着的时候。

说有说的难处，它对“自救”“无可救”两种类型的听者起效甚微，只对寄望“他救”者充分发挥效用。这与教育的有效区间何其相似。然而中间层、主体量的待救者足以为“说”提供坚毅前行而不反顾的动力。对说者，我们应心怀体恤，说者必须要面临“智”传达到听者那里会衰减为“知”的无奈现实。“智”必来自心之开悟，所以言说者的“智”经由听者之耳，往往转换为“知”的接收模式，能否登时点化成“智”，全凭听者先前积累和天资造化。如若不巧，就只能如过眼云烟消散无踪迹或作为“知”存储起来，无奈交由时间与人世的伟力假以时日伺机开悟。不说有不说的明智，说有说的担当。明智者常独善其身，担当者背负社稷。

头脑是人的精神生命的缩影，它本就处在生成之中。守“脑”不是试图屏蔽不良信息侵扰，而是守住一份定力和辨识力，淘出兜售的五花八门的观点中那些没营养和有危害的成分，遇沙子则裹成珍珠，遇虫蝇则封进琥珀。

人生像一个玻璃杯，最初的最初，空无一物，但这空无的状态本身可贵地包含了无限的可能。后来，渐渐地主动接纳些什么、被动承受些什么，主动或被动的内容物混在一起，又化合成了什么、析出了什么。再后来，杯子满了，我们奋力清除些什么、挽留些什么，或者又有些什么倾倒进满了的杯子，要么徒劳溢出，要么把杯子里的物质排挤走。有时候难免因此痛失珍藏，更甚者可悲而不自知。

言说者的可贵即在于为那些开放包容的头脑和心灵提供生命的养分，使思想成长成为可能，让精神生命少入歧途。“虽久不废”的观点和思想正是在众多听闻者的追随和传扬中而得不朽。言说者最大的幸福不是言说本身，而是追随者头脑的丰盈和灵性的成长。

人生像一个玻璃杯，不是“杯具”，是容器——有容乃大：自盛自饮，冷暖自知，心安理得就好；言说的人是启蒙者，不为说教，为开示——点化灵犀：自说自话，听者有心，心智成长最欢愉。

2016：做个有格调的人

新年又至，继续言说还是从此打住？成为纠结的问题。

无处遁形的数码时代，信息织成天罗地网，微信及其关联的二维码不可遏制地充斥着新一代受教育群体的视野以及生存空间——上至神学玄机，下至旮旯攻略，大至宇宙未来，小至美容养生，无处不及，无所不包。海量信息浸泡之下的弟子们是否因此离智慧越来越近了?!

谋略有，机巧有，鸡汤有，大家都能轻松浏览，随意点击就唾手可得，还需要谁多嘴训诫吗？有在线 MOOCs，有跨国视频，有智能遥控，随处上课，随时学习，还需要老师导引教育吗?

时代发展、社会流变，“你是谁”决定了你的生存状态，而“你到底是谁”却取决于你的认知智慧。注意，是自然本慧或觉悟之慧，不是聪明，更不是精明。尼采在《偶像的黄昏》中指出了人类的四大谬误，首当其冲的是“混淆原因和结果的谬误”。埃克哈特·托利指出：“人类的现状是‘迷失在思考中’；智慧并非思考的产物。”愚师进一步以为：过度审视的生活很可能导向痛苦不堪的生活。“聪”与“慧”仅一步之遥；差之毫厘，谬以千里，其间的关键在于“了悟”。

毫无疑问，这是适合聪明人生活的时代，物化的指标几乎统领一切！在教育文化的生境之中，多数人时时谈论的是如何对付指标的考核，而余下的少数人念念不忘的是如何制定新的考核指标。一些人因为有指标制定权而耀武扬威，更多的人因为满足或超越了指标而津津乐道、志得意满。于是，抢抓机遇、赶超目标、争先恐后、急不可耐，是为常态！琴棋书画、闲情逸致不见了，个性学术、仙风道骨难觅其踪。有两种人成为这个时代的写照：其一，表情凝重而乐此不疲地辗转于世俗规矩之中；其二，表情漠然而义无反顾地蜷缩在方寸屏幕深处。许多人明明视线短浅，却一门心思直奔“高大上”而去。互联网＋一切，看起来无限大，其实无限小。大无边、小无际，禅有云，道亦说过。而以大观小，以小见大，普通人着实很难理解到位。时间上无始无终，空间上无边无量，对此，哲学的认识超越了科学的测量，现实社会的游戏规则加上信息技术的整体进步把新一代人硬生生拽进了急功近利的系统，同时塞入了手机或电脑屏幕，极端碎片化以及过度世俗化的生活形态由此而成。许多人一边在学校或职场应景度日，一边紧握手机这个新时代的烟枪，提示音此起彼伏，切割了流畅的思绪、宁静的课堂、温馨的对话；分解了朋友聚会的快意，分散了学术聚会的论点，分化了家庭聚会的欢愉；先模糊视力，再搞坏颈椎，继而破坏社交气氛，最后无非一场“空”欢喜。

物化社会连带甄别指标，成为主流生存法则。紧随其后，“更多、更大、更高”成为成功的核心标志。然而，古谚有云：“多，还要更多，就会一无所有。”因为聪明迟早会被聪明误！历史总是惊人的相似，无端的巧合，以至于保罗·福塞尔创作于四十多年前的《格调》一书不断再版。书中所言先是在西方世界依次呈现，后又在东方社会不断被验证。其中一幅漫画描述了二十世纪五十年代美国院校常见的情形：一帮人正兴冲冲地把大门上的“College”拆换为“University”。如此场景必然让人会心一笑。而换一个角度，那些沉醉于组织权力游戏的人们，在七十年前乔治·奥威尔写作的《动物庄园》里，基本上都可以找到自己的角色和台词，能觉察者读起来必然惊出一身冷汗!

保罗·福塞尔认为，真正的格调超然于等级之外，不仅仅是有多少钱或者能挣多少钱，人的生活品位和格调决定了人们所属的社会阶层，一个人可以一夜暴富，但却不能在一夜之间改变自己的生活格调。弟子们应该知道，两千年前，在并不富足的农耕时代，人们尚且追求“六艺”或“七艺”；一千年前，穿越中世纪的重重雾障，绝美的音乐、绘画和诗歌横空出世；一百年前，在乱世浮沉之中，杰出的科学巨匠和人文大师的身影灿若星辰。此非数量之别，乃品性相差也。好在保罗同志进一步告诫说，品位和社会格调是可以培养和学习的。《格调》译者石涛指出：“如果本书能够成为一面镜子，使中国人从中可以看出每个人未来的或正在显露的鄙俗和丑陋，从而开始注意培养品位和生活格调，也许还来得及避免跌入恶俗的低级生活趣味。”

切记：经验是不可替代的，教训是经过方晓的，美感是与节奏相关的，幸福是与精神一致的。正因为如此，无论物质世界如何变幻，技术如何发达，个体如何精明，陷阱依旧遍布于每个人的生存道路之上并未消减。人类该犯的错误还是会再犯，个体该吸取的教训总不会少，先苦后甜，吃亏是福，依然是绕不开的逻辑。古圣先贤内省智慧，因而预警在前；六道凡夫外求机巧，因而身陷囹圄。

如若以量化指标度量，人与老鼠的基因差别微乎其微，人与猪的差别之小超乎我们想象。因此，拿不拿大奖不是学术成就的标志，开不开豪车不是身份的标志，穿不穿名牌不是有钱人的标志，剪不剪短发不是男女的标志，谈不谈理想不是好人与坏人的标志，声音大小不是信心的标志。如果这个世界都以指标论英雄的话，许多人的确可以在世俗纷争里活得风生水起、有模有样，但本质上无异于乔治·奥威尔笔下每天高呼着不同口号的那群猪。

数码网罗天下，但海量信息与智慧无关，色即是空。图书馆藏书无限，与个人领受的学识无关，不增不减。无论存储量有多大，U 盘还是 U 盘，电脑还是电脑，人脑还是人脑。榆木脑袋不会因为扩充内存而改变性质，愚蠢的大脑不会因为长得更大而变得聪明，聪明的脑袋不会因为更加聪明而减少烦恼，唯有觉悟者可以突围：为可为、为无为、无不为。马祖磨砖，始终无法成佛（禅宗公案）。那么，宅进手机，又岂能变成智者？

被要求、被安排、被裹挟，大家一路跌跌撞撞、情愿或不情愿地滑进了 2016 年。有人问：假如有一只猫跟在你后面，是凶还是吉呢？正确的回答是：要看你是人还是老鼠！

放弃数量的攀比吧！教育如此，个人概莫能外。日子还要接着过下去，在人人可以乔装打扮、外着名牌内整面容的时代，精神气质的追求和自然流露才成为“贵气”的关键。别的不说，至少在精神方面的追求和表现，是人人平等而大家均可以企及的！

做个有格调的人吧！利用难得的大学时光，积蓄涵养和品位，修炼质感和骨气。老腊肉的预告听不听没关系，面向未来，一定要目光炯炯，神采奕奕！

2016 及其后，还是“主要看气质”！

…刘永存

董老的寄语使我联想到十一年前看到的另一头猪的故事：

一头非常聪明、灵光的猪紧邻着一个村庄住着，并且饱尝“幸福”之味。它已经了解了人类的生活习惯和起居规律——知道人类何时起床，何时守护菜地。因此，每次去农民地里偷菜，没有一次不成功。村里的农民想尽了各种办法，都无法与猪抗衡，也无法逮住它。就在村子里的农民感到绝望、猪为自己的聪明才智沾沾自喜时，村里有位年轻人想到了一个好主意并向村长请求由他来处理这件事情。前提是拿出一片菜地来做牺牲。村长召集村民讨论后，同意并授权年轻人实施他的计划。他每天让村民们不规则地出没在其他菜地里，就留下这块菜地放松警惕，让其处于安全状态。猪每次进攻其他菜地时，总感知到危险的存在，唯独在这块菜地里，觉得自己还是那样如鱼得水和得意扬扬。这位年轻人在猪每次出没这块菜地后，在周边插上一块厚实的木板子。猪一直在关注着来自人的威胁，根本没有察觉菜地周围发生的点滴变化。终于有一天，它在菜地饱餐一顿后，年轻人过去轻轻地围上最后一块宽实的木板子，猪就被关在里面了。

其时，我正在读硕士，享受人生中难得的清闲——从教十年，受够了备课、迎检、竞争、考核之苦，终于可以静下脚步，体会这难得的思考之乐。昆明暖暖的冬阳洒满整个身体，心里也是暖暖的，但还是忍不住爆出一句粗口：娘的，这故事编得真好！

故事看完，时间推移，慢慢也就忘了。后又读博，进大学，教书，不觉六年。

岁末最后一天，导师开启每年的反思与展望。这才猛然警醒，我已经很久没有反思自己的生活了：六年来，为了生活，教书、做所谓的研究、写文章，上班、下班，我好像觉得现在所过的一切都是正常的，都是应该的——生活原本就是这样子，菜米油盐酱醋茶，粉笔幻灯和调查。

夜深人静，我回忆起那些在云大度过的惬意日子：成立“我的大学”论坛，凭着年轻的激情指点大学应该如何；为了完成调查论文去“洗楼”“洗图书馆”，捧着问卷，一间一间宿舍敲，一个同学一个同学问；为了了解社会和同学一起去做义工；暑假，利用业余时间参加民众剧场种子教师培训，接触先进的教育理念和社会服务理念……

记忆里一幅幅画面掠过，恍如昨日。这些让人怦然的画面记载着一个人曾经多么向往有格调的生活、有意境的生活、能够自主选择的生活，像马克思所说的那种“在那里，每个人的自由发展是一切人的自由发展的条件”。然而，这一切却又显得那么遥远，远到我已无法触及。

忽然间，开篇阅读过的故事就蹦回了脑海。六年来，一张无形的网就像这个“猪圈”一样，让这些向往和美好都消逝在那些课时量、科研工作量、纵向项目、横向项目、经费到账数量中。

体制是个很奇怪的东西。一旦钻进去，你就发现有很多好处，有体制外无法想到的既得利益——不用担心明天失业，不用担心老板会让你明天走人，不用担心明天单位倒闭。与那些编外人员比起来，好处多到让你梦里都想笑——终于可以轻松过一辈子了。当然与此同时，无形的手也从四面八方伸来，一些攥紧你的双臂，一些拉长你的双腿，另一些差不多要去扼住你的喉咙。

更残酷的是，体制更多地是让你顺从，让你不要思考，而要听从安排。一开始你有些抵制，你要去思考，你想去呐喊，你想去保持自己曾经的梦想和对格调生活的向往——一种意志上的坚韧和精神上的自由呼吸，而不仅仅是喝咖啡和穿名牌。慢慢，你发现，光是抵御指标的侵袭就足以耗尽你的平生精力，于是，慢慢，你接受这种“养着”的状态，慢慢，你的意志开始消磨，慢慢，你对外部环境失去敏锐，感觉钝化。“慢慢，我们没有感觉。”

“起初你讨厌它，然后你逐渐习惯它，足够的时间后你开始依赖它，这就是体制化。”《肖申克的救赎》对体制的解读是我迄今为止读到的最好注释。

如何从平庸的、无聊的、纠缠不清的日常生活中突围，考验着每个人的智慧与韧性，只有那些不放弃对美好生活自主追求的人才配得到格调生活吧。2016，我们都需要反思：自己正处于“猪圈”中吗？该如何突破“猪圈”的困顿，朝向格调的生活？

…张志贤

曾听过一个故事，描述某探险家在热带雨林中，面临险恶环境直到濒临绝境，依然每天坚持刮胡子，因为他认为环境不可控，目标也未必能达到，当下能约束的唯有自己。

2015我实现了大蜕变，在历经一万一千五百五十五天的公职生涯、在尚有更高的职场机遇唾手可得之时果断选择了离开。原因之一来自董老的当头棒喝，使我下决心立地觉悟并选择脱离“持续装憨”的情境，努力避免落入“真憨”的窘境。“格调”靠自己追寻，但首先必须从既有的框架中突围。在一个激情稀少的工作环境中花费了精力和时间，绩效指标对我们来讲都是敷衍了事，组织充满本末倒置的工作低迷情绪，缺少新思维的刺激，职场上这种指针、数据文化，我想不知已经毁了多少知名企业，接下来医院、大学、政府也都将遭受其荼毒，台湾如是，大陆呢？因此我选择改变自己，在余下的生命历程中创建属于我自己的“格调”空间。

2016是我专心学业的艰辛之年，博士学位论文开题之后需要更深钻研，挑战迎面而来。美国前总统克林顿以高尔夫球运动比拟人生，他认为这是一种与自己竞争的运动，不管对手强弱，球场上永远的敌人正是自我；个人修为越好，竞技表现通常也会变得更棒，从而获致突破性成就。于是，知天命之年，我选择尾随董老而入，争取做一个有味道的老男人、有品位的老腊肉，认真完成博士论文的撰写，追逐果岭上的小白球，吹奏有厚度的萨克斯风，接下来的日子，我的人生方格将充实无比！

…宋亚萍

曾几何时，人们还在痴迷于Q龄的增长，收获几个太阳月亮，以此作为得意的资本。时过境迁，谁人还提那“陈年往事”，微信、易信迅速一手遮天。

福禄贝尔说：“葡萄藤应当被修剪，但修剪本身不会给葡萄藤带来葡萄。”纷繁名目，海量信息，看得我们无不眼花缭乱；微商的强大，商品的买卖，无不令人身心俱疲；往日清净的朋友圈，如今成了众友争先恐后晒病、伤、男女友、孩子、事业、旅游、吃食等的晾晒场、竞技场，且大有“道高一尺，魔高一丈”之势，唯恐他人不知自己近来走了好运、倒了大霉、参加了聚会……时间消耗其间，以至于如今的我们很少为一幅字而着迷，不容易面对好书而心生欢喜。

我们错过的，根本不止美景；辜负的，也根本不止青春。

当然，这一切又该怪罪于谁呢？其实说到底，错的不是技术的发达与普及，而是人们自身对工具的过分依赖。不仅仅是秦法严苛导致的秦国灭亡，更不是孔夫子的“仁爱”之心葬送了封建制，亦不是夏日性骚扰率居高就要怪罪于穿着暴露的女性，更不是原子弹给世界带来了威胁与伤害就应该问罪于爱因斯坦。

…张琪仁

1999年，我上初一。那一年，没有比注册一个QQ、取了个酷炫的网名更值得向同学炫耀的事了。那是第一次，一个虚拟存在超越所有看得到、摸得着的实物，成为我们生活中最牛掰的“社会互动符号”。后来的后来，大家都知道，当年听起来特别不靠谱的“互联网会成为一种生活方式”真的不知不觉就完成了它“会成为”的整个过程，并且成为得很彻底，成为得很深入。

我不太喜欢用任何带有感情色彩的词语去前缀这个“过程”，因为我始终相信有一种力量——无论你用悲愤的背影还是欢喜的正脸来面对它，它都兀自生长，这个力量，叫作历史。所以，我一直觉得，好多事物，当介入时间这个介质去审视时，理解、态度、看法都会不一样。我并不认为互联网破坏了我们原本该有的世界，因为那个世界从来没有存在过，反过来说，我也不认为在“足不出户，知晓天下”的资讯扁平时代，我们就比以往的任何时代都更懂这个世界了。这是一个极度辩证的命题。

我们确实在这个时代距离这个世界上分分秒秒发生的故事都更快更近了——章子怡麻醉还没缓过来，我们就知道她在哪个医院哪个产房生了个孩子几斤几两是男是女；我们也离这个世界越来越远——在章子怡生孩子的那一秒，这个世界上还有比这更影响人类进程的若干件事在同时发生，而那些事件，大多数人，是不知道的。资讯的自然属性就是这样，关注度高的资讯会裹挟着不断累加的关注度噌噌往上游把关注度低的资讯淹没下去。在资讯急速代谢的时代，靠资讯吃饭的媒体要做的事情就是以光速追赶这个代谢的过程，于是，有了一个魔性的生态系统——“眼球经济”。所以，冷静地想想，我们没有被互联网夺走什么，互联网也并没有让我们更懂这个世界。

可这又怎样？就好比在这年头，好多人忙着计划，转眼年末，又掰着指头总结，但谁能说，一年一年，真的每年比起上一年都相当特别、非常不一样？

其实，时间以越短的计量单位进行切割，我们就越难感受、观察出所谓的变化。每天的热门新闻有那么多新鲜事，一天一天，真就百转千回、斗转星移了吗？事实是，大多数如我一样的普通人，2016年的头七天，生活并没有1号、2号、3号……而只是第一个1号、第二个1号、第三个1号……可这不正让人觉得踏实吗？当我们专注于要做的事而不是要引起的变化时，只有开始和已完成，没有零点的钟声。当我们不再以一种神圣、庄严、自我悲壮化的心态满眼热泪地面对生活与要来的世界时，才是真正能够与它和平相处并享受innerpeace的时刻，而教育或者受教育，不就是我们平凡日子里的一种生活方式么！日积月累，岁月成歌，这些平凡日子里日复一日的专注终究在某一时、某一刻以“完成使命”的仪式感撬动生活真正的“变化”！

…黄湘超

新年伊始，无论是怅然若失，还是踌躇满志，毋庸置疑的是我们的生活方式已被悄然改变。不知不觉中，我们习惯了视线水平向下四十五度或是更多，习惯了指尖上下左右五厘米的游走。对于许多人而言，或许指尖在手机屏幕方寸间游走的距离，甚至超过了双脚行走的路程。不经意间我们的时间与记忆也在被它慢慢吞噬，然而，又有谁会去计算它呢？

究竟何时，我竟这般无趣？我们关注的信息越来越多，可能够静心下来思索的事情却越来越少了。时代的巨变，给我们带来的究竟是“福音”还是“噪声”呢？或许是过于害怕错过、担心迷失、唯恐无知，由此，我们变得更加善于接收信息，巧于处理事物，功于迎合他人。殊不知，正当我们忙于这些貌似关键重要的他人、事物与信息的时候，却往往疲惫了身心，扰乱了心境，掩埋了心声以至于失去了自我。而自诩为头脑灵活、性格乖巧、外表光鲜、举止合群的我们，俨然成了时代巨变下的“小绵羊”。

然而，在这个物化与量化的时代里，效率胜于闲情，悠闲常被标榜为“无所事事”；指标掩盖本质，自我常常被任务所裹挟，自由也常被人、事、物所吞噬。若我们继续用信息来取代希望，以鸡汤来填补无知，用谋略来抹杀时间，那么在这个“主要看气质”的时代里，所谓的格调就遥不可及。

我相信，无论天地人事如何变幻，在物化与量化、速生与速朽之间，那些旋转的万花筒，有一个稳固而坚定的内核。其即使历经时间的淬炼，依旧会散发出灼灼的光芒：那就是我们对于深刻多元思想的向往，优质稀缺信息的需要，温暖情怀的期许，以及自然精神气质之追求。

…查文静

2015 年，一篇温情脉脉的鸡汤报道刷爆了朋友圈，正能量满格，众多网友转载，赚取了许许多多的眼泪。然而，时值年末，那篇文章又再次上了热搜榜，竟因为它是假新闻！当心灵鸡汤真假难辨，其善意温情渐渐让人腻味的时候，与心灵鸡汤唱反调的心灵砒霜异军突起，大受追捧。例如，“一场说走就走的旅行归来后，除了本来就少的钱变得更少，该做的事情拖延得更久，什么都没有改变”，“上帝为你关上了一扇门，还会给你加上一把锁”之类。心灵鸡汤温暖向上，心灵砒霜略显毒舌、更接地气。细细一想，各自都有几分道理。怀揣五百万和五百块的人，对于“一场说走就走的旅行”一定有不同的考量。真可谓“甲之鸡汤，乙之砒霜”。那么，当我们浸泡在这个世界海量的信息流中，到底该取哪一瓢饮？孔子鼓励犹豫不决的冉有果断行事，劝诫争强好胜的子路三思而行。每个人，无论是教育别人还是自我教育，都不应当随波逐流人云亦云，而要努力明心见性，保存真善美，摒弃假丑恶，在此基础上做出适合自己的抉择。如此，心灵鸡汤也好，心灵砒霜也罢，都难以荼毒心灵，而只会使心智更加澄澈。

…周　宏

气质是一个人逸出的品性，格调是一群人溢出的品位。气质和格调若非浑然天成而是刻意求取就难免落得笑话。气质在眼角、眉梢，却是品性充盈后的飞逸；格调在用度、举止，却是品位积涨后的满溢。刻意的格调往往一不留神就现了俗套的原形。

格调是格局与水准的完美耦合。格局为格调提供一个可靠的依托基座，水准对格调的意义在于超脱平庸的层次托举。保罗·福塞尔表面围绕格调的言说，实则始终折射着“社会等级”的深意。

曾经认同这样的说法：学历是铜牌，能力是银牌，人脉是金牌，思维方式是王牌。之后终于后知后觉地吃味起来：这鸡汤是善意的隐讳还是故意的诱引，抑或不求甚解的情感传销？于是，心中笃定地在后面加上一句“家庭出身是底牌！”自忖不是出身决定论者，但不得不承认家庭出身虽然并不决定人生格局的广度和生活格调的高度，但是却决定着不同人达到同样境地、获致同等水平的内力消耗程度。所以，加油吧，各种“二代”与“非二代”，因为培养一个贵族至少需要三代。

做学术也是要讲格调的，学术的格局和水准会体现出不同的成色。尤其人文社科领域的学人，有没有“为天地立心，为生民立命，为往圣继绝学，为万世开太平”的正义襟怀，有没有“不为五斗米折腰”的节操持守？在量化的科研管理机制中、在作威作福的指标体系下，可不能自乱阵脚。

…张樱凡

时间指向2016，研究生生涯也走过六分之一，回想这半年的学习及生活，与自己的期望大相径庭。在时间与人潮的挟持下，越来越难以坚守属于自己的那份“独一无二”。事与愿违，通常不是因为运气不好，而是因为想得多却做得少。人人都希望成为人群中的那个“例外”，然而，能够坚持自我、不随大流之人实则甚少。

反观教育，又何尝不是如此？教育需要培养“自由”人，而越来越多的人浪荡在名与利之中；美育渴望“以美启真，以美处善”，而越来越多的人只在意“颜值”担当，却忘了内在涵养；学习讲求积累与反思，而“万能”模板与速成法则却充斥校园……

认识自我、回归自我、反观自我，教育需如此，做人亦如此。一直以来，无论学习还是考试，都希望能从老师和前辈身上得到“经验”，实际上是希望寻求捷径，以便更快地达成目标。然而，在经历了一些事情之后才发现，该自己走的路一步也不能少，经历过后，方能成长。

2016及以后，做自己想做的事，坚守本分，持守个性，喜乐豁达，随缘而不随流。

…李　雪

老师，弟子愚钝，不太懂“格调”二字。虽不时听您念叨，提起那书、那人，下来尽管也做了一些功课，但还是无法领会其中深意，尤其在睁眼看世界的时候，乱花渐入，扑朔迷离，以致是非混淆，真伪难辨，不免看得眼瞎、心伤而泪潸潸。

前几日的一个早晨，我去搭车，看到天桥下坐着一位衣衫褴褛的老者，手中捧着几张字迹已被雨水模糊了的报纸，操着令人费解的乡音在小声地、仔细地读着，在他旁边躺着四五条羸弱的流浪狗，眼睛忽睁忽闭，像是虚弱得很。我刚想经过，老者略微起身，慢慢腾腾从兜里掏出一个白色的东西，往嘴里一放，又拿了出来，看看地上的狗，再细条似的分开喂给它们。我走上前，识得他手中拿的是馒头，表面都污秽了，他却还在你一口我一口地与“他人”分享。见此情景，我不禁感慨，士子们所谓的“穷则独善其身，达则兼济天下”是否也与此相背离?

我想做人要有格调，想必也是和境地、品质、情操、修养等有所牵连。自然，悠然自得不失为一种怡情的追求，饮酒作画也颇有几分仙气，但前提是，个人选择既是如此，哪怕穷困潦倒，命悬一线，也不怨天、不尤人。眼下我所看到的，好似与这些全无关联，只因遵从本心，不为世俗所累，不为生计发愁，更不为人生苦甜，超然物外，悲天悯人，率性而为，方才显得弥足珍贵，令人为之一震。

“土豪”的世界与“格调”该是丝毫不沾边的吧？想必谁都想安分守己、有尊严、有品质地活着，但现实不一定允许，它偏要用标尺、偏要戴上有色眼镜来衡量众多个体的所作和所为。于是，面对权威，我们学会了忍让、谦卑、不辞劳苦；面对名利，我们变得势利、市侩、钩心斗角；面对金钱，我们难忍诱惑、贪欲，几近失控。殊不知，可怜的人儿早已变得面目全非，蝇营狗苟，世上左不过又多添了些成熟老练、精明能干、老于世故之人。可回过头来看，现实并未完全捆绑众生，可以有些许的选择权，但它却会使尽手段逼你就范。它要么以惊人的说服力压得众人臣服于脚下，要么设置重重障碍磕得你头破血流，跪地求饶……

“我的日子滴在时间的流里，没有声音，也没有影子。”过去的很多年，虽身在洁净的校园，立志清心寡欲，但为了应对无数次大大小小的考试，几近变得麻木不仁，所看之书、所做之文、所发之言、所思所想、所感所悟，无一不是为了考评考核和甄别选拔。现如今，虽比往常多了些自由和选择，但社会又向我们发出信号，暗示我们要懂竞争、拉资源、恋金钱、附权力、挣地位、赢声望……仿佛这才刚出一个笼子，继而又被送进另外一个笼子。这进退之余，总有无数个笼子等在那里。

兴许“格调”是能培养的吧，如果它是一种习惯、一种爱好的话？琴棋书画剑，诗歌茶酒花，无一样是与生俱来的；自然，“格调”也是能学习的吧，如果它是一种技能，是一种见识的话？就说“美”吧！见美生美，品美恋美，话说只要具备了发现美的眼睛，再配上精心策划的行动，趋于“格调”也不在话下。

这对“格调”才刚有点感觉，又抛出一句“主要看气质”，弄得弟子云里雾里，好生犯难。弟子虽生活在由海量信息浸泡的时代，惭愧的是，我早已选择收缩社交圈，淡出朋友圈。古人云：腹有诗书气自华。虽不能做一个有格调之人，但好在还识得几个字，趁着眼下离毕业还有几月，临时抱抱佛脚，捧一本书，泡一盏茶，与思想为友，与孤独为伴，把握最后的校园时光，看能否来得及与“格调”结缘。

2015：千万别“失联”

亲爱的弟子们：新年好！

2014 年最后一晚，记起了“新年寄语”的承诺。凝神静坐，想说的太多太杂竟不知如何落笔。只好开机播放马斯涅的小提琴曲《沉思》以为导入。静、安静、宁静——思绪由此展开，落笔不当之处，均属意识流乱为，将就听吧……

1957 年 11 月 17 日，伟大领袖毛主席说：“世界是你们的，也是我们的，但是归根结底是你们的。”青年们闻讯无不群情振奋，欢呼雀跃，热泪盈眶！2015 新年将至，愚师也想对弟子们转达几句励志的话，但话到嘴边，还是忍住了，因为忽然意识到：世界是你们的，也是我们的，但归根结底，谁的都不是！——此处无须鼓掌，只待觉察与反思。

“世界”本来虚幻，“当下”才是实体！错过今天，明日无存；此处不接缘，何方觅善果。个体生命极其短小，而“下一次”和“别处”总是诱惑无限。我相信每一个青年学生都是胸怀世界的，硕士生比本科生，博士生比硕士生，一个比一个的心念更高、更远大。大家都想过热闹的好日子，而忽略了此前寂寞难熬的艰辛；人们只观察到各种利益收获，而不知道后台的交易成本；社交场合的欢声笑语，遮掩了各自怀揣着的那本难念的经！高等学府中不停地颁发着千百年来少有的教学科研奖励，但依然少见神采飞扬的学者；校园学堂里到处有学生对读书做出的种种承诺，却越来越少见下笔写字的兑现。从《江南 style》到《小苹果》，铺天盖地的流行，“潮”而“浅”（此处强忍住笔墨没有用“俗”字），真正值得肯定的无非是宣泄释放之功效！相比而言，“失联”一词就深刻而哲学得很！多国参与对 MH370 的执着搜寻历时数月，情形悲壮超乎交响乐章，至今未果。知道而找不到谓之失联，既不知道更找不到是严重的失联。对照自己以及教育生态，说得多做得少是行为上的失联，心神不一是认知上的失联，失魂落魄是精神上的失联；知行两分是为个体及个体间的失联，而形聚神散是组织与组织间的失联。当下众生因局限于“无明”而致自性的迷失，因执着于“我相”而致法性的阻滞。“马航”的千古绝唱成就了这个内涵丰富且具有现代性的词语。时至年末，“失联”终成主流媒体视域下当之无愧的年度关键词。

2014，你失联了吗？ 2015，你会失联吗？继续这个问题与航空业无关。在课堂的发言段，在课后的论辩时，在图书馆的寂静处，在阅读与写作的字里行间，在学术的最前沿，在同事的手机里，在老师的脑海间，在朋友的心坎上，在亲人的念想处，你持续安在否？因为不在场不到位，许多人难以面对，也无法回答“在与不在”的基本问题！

同一年，另一个值得吾辈注意的热词出现在教师节后，那就是“好老师”。多么质朴而又稀奇的字眼！领导人慧眼独具，教育界蜂拥而上，四处寻觅呼唤“好老师”，蔚然成风。

回眸千年，中华文明史上好老师数不胜数，其中三位超越时空得到了普遍的认同，成为儒、道、释文化（现在称“精品课程”）的代表（现在称“学科带头人”）。他们是官场推崇的孔子、坊间推崇的老子和众生推崇的释迦牟尼。如果现身于当下，不知道会不会被评聘为招摇过市的“省级或国家级教学名师”，入选“鲁国中青年人才工程”“周朝重大攻关项目负责人”抑或“舍卫城副部级院士”？这不是一个调侃的问题而的确是一个无比严肃的问题。仔细一想，他们除了共同的伟大之外其实完全不同——孔子是个想当干部的好老师，老子是个疏离干部的好老师，释迦牟尼是个由干部转型的好老师。用今天的标准进一步衡量，发现孔子是个教学型教师，老子是个研究型教师，而释迦牟尼是一个外聘的客座教师。三圣起心动念差异，发展路径迥异，结局后果大异。值得后人深思！何去何从，认真学习，勤快模仿，各自考量。

探究教育真谛是本学科所有人的职责，而做一个好老师只是部分人的愿望，希望弟子们勇于担当，以不可替代的实力和过人的品质展示你们的存在。否则，即便你们曾经现身于某课堂、某大学、某城市抑或世界的某个地方，就从来没有、以后也不会有意义！

因为网络，学生与书籍失联；因为校区分割，学生与老师失联；因为手机故障，朋友与朋友失联。老天爷，心与大脑失联就会失去方向，心与身失联就会失去依托，心与灵魂失联就会无所皈依！

不要为平庸找理由，请别对我说什么身不由己，其实本来就是心甘情愿；主动性不是被人剥夺的，根本上是自己放弃的。否则就不会有“三军可以夺帅，匹夫不可夺志”的古训。岁末年初，为师不得不提醒各位弟子：弄潮儿必被潮（嘲）弄，随波逐流者，结果一定会被时空稀释殆尽。新年到了，放下脑补过度的自拍照，还想做个好学生吗？亲近善知识，千万别和好老师失联！挣脱伪学术的束缚，还想做个真学者吗？远离伪学圈，千万别和真学术失联！

琴声落处，流淌出对教育品质的无限忧思！

…金寿梅

2014年在倒数的呐喊声中成为过去，台北101大楼的烟火璀璨，“羊羊得意”的2015依约到来；翻阅师长历年云翰，当中珠玑犹如阒夜火花，每每能为徒儿祛除内心蒙昧。

2012，董老明示了对徒儿们的“放养策略”，挂心的是我们能否“像个研究生的样子”。2013的训诫言犹在耳，“一息尚存，从吾所好”，提醒吾辈时刻检视成长路径。2014进一步导引：“往下去，小生活，接地气，得人文。”谆谆厚意，敢不敬从！世事烦扰，假象蔽目。学生今尚得持明心一点者，全仰赖师长之所赐。

细读今年教诲，平静生活再次激起乱流。提醒吾辈，要以不可替代的实力和过人的品质展示自己存在的价值。运笔至此，无限惆怅……

行胜于言。冀望师长日后忆起徒儿时，心是暖暖的，嘴角是上扬的。庆幸有恩师盛意垂训，寿梅在枯燥寂寞的学术研探中备感温馨，无时无刻不系念与恩师心有默契。

…于秋月

老师跨年一问，实难回答！

教书十年，而今重返大学课堂，当自己做出读书承诺，而未有文字见诸笔端之时，确与诚信擦肩而过了，尽管我深信“不得于心者，固不能笔之于手”；当我只能仰仗对事物的理解来做事时，就与比拼记忆的年龄失之交臂了，尽管我在那个应该努力镂刻属于自己的逻辑和视角并构建自己的理解和判断的年龄里也没有做好。

重归校园为的是找回迷失的自己。但，现如今的在场不到位，不为平庸寻找借口而探究根源的痛楚，让我联想到一句俗话："人，就像庄稼，什么时候就得干什么时候的事。要是耽误了农时，补都补不回来。"

做个好学生，认真读书读好书；做个好老师，还原知识的本真，做对的事，揭示真相真理，是归真。亲善知识做真学者，敢于"无声"处呐喊，避免集体无意识，守住学者良心的底线，静候时机的成熟，是归真。为"在场"找到理由，而不让"曾经来过"成为自我慰藉的借口，是归真。

幸有老师的鞭策，新年我不敢承诺，情愿归真！

…赵国润

又获恩师棒喝，汗如雨下。深恐己之无行无德无担当，偏安一隅，任时逝水涸而不自知。仅记三事以自砺，与诸同侪共勉之。

其一，常读经典，莫和千年之文化失联。泱泱华夏，数千年之传承，其间珠玉何止万千？历史长河之实践，往昔圣哲之经验，政经文教，无所不包岂虚言？若不能上承千年文化之"软实力"，为往圣继绝学，何以为生民立命，为万世开太平？时有中华民族之国运启昌，吾辈当持治国平天下之志、星火燎原之恒，勤读中华之经典，学以广才。

其二，常助亲友，莫和现实之人生失联。苟有利国利民之志，若不能从身边之点滴做起，念念为善，事事在行，时时担当，从常助亲友做起，自利利他，何以培万里之风，积远行之粮？且放开手机计算机，与众师长亲友，常聚常欢，互助互勉，自然"正能量"充满，吉神随之，喜神伴之，和乐且耽。吾辈当高高山顶立，深深海底行，众善奉行中。

其三，常自观心，莫和真实之自我失联。声色犬马，广告铺天，可曾叹人有我无？物欲熏心，明镜蒙尘，何处可得心安？物不格则知不至，知不至则意不诚，意不诚则心不正，何以修身？

思绪往来不定，前念已去，后念未来，当下已过，无常中孰以为我？常乐我净，何以重联？可曾失联？常自观心，起伏来往由它去，本自清净。知见无见，冷暖自知何为主？本自具足。

…黄艳妮

2015年元旦，深夜两点，台北，参加完跨年演唱会，过马路时随着“咣当”一声，手机落地的一瞬，我被失联了。至此，世界安静了很多，没有纷繁的八卦等着我去挖掘了；也不再关注发代购的、发吃的、无事呻吟的、晒各种照片的朋友圈了；不再被各种消息如流般地充斥大脑；也不再沉溺于每晚睡前刷微博、刷朋友圈的陋习。才发现这个长不过六寸的小玩意儿竟占据了过往生活的多数时间，无论我在哪、在做什么，它如影随形。而今，吃饭时，不再把玩手机，竟吃出了比以往更香甜的滋味；走路时，不再听音乐，可以有时间欣赏沿途的风景；睡前醒后，不再搜寻手机，可以思考一天的得与失。有了更多的时间，与心灵进行对话。“生命的唯一目的是要变得更好。”这个“更好”，不单是外在的美好与物质上的充裕，而应该是心灵上更美好、更成长。原来老天在警告我，已经很久没有审视自己的内心了。

学问是什么？成果又是什么？以前，我肤浅地认为是人前风光，是位列前茅，是侃侃而谈，是谈笑风生中的那种满足。时过境迁，懂得自己的陋薄，才发现是华丽外表下，一颗虔诚与坚韧的心。不需要荣耀，无须别人的羡慕，只求自己平常的心与静静的思考。内心的从容、自信与淡定才更重要。

转身，微笑，用爱在岁月中修行，让心在辗转中安然。淡定看人生，宁静做自我。透过指尖的温度，期许岁月静好！

…杨翰馨

“新年寄语”这个通俗的词语被董老硬生生打磨成了开年大礼！元旦这天，打开邮箱，一定如约而至，等待我们怀着不同的心情去品读。

真庆幸总有那么一些人在不尽如人意的教育现实中耕耘守护着心灵的净土，让我们回眸时依然能够辨识桃花源的轮廓。如此饱和而深刻的体悟，足够酿就一次不喧哗、不张扬的情感与思想的窖藏，并将这一坛醇厚与内劲封存在生命中。这种从内在散发的清觉智慧是一种指引，冥冥中牵引着精神的主脉让身与心、灵与魂有所承载、有所皈依。

既然觅得真心，就要潜心跟随。很喜欢这样的一句话：“种一棵树最好的时间是十年前，其次是现在。”再延误，收获的时节就错过了，而我们如何能一直放任地去辜负时光和自己呢？

重新开始吧！

…邱学华

一年的时光匆匆得像流水奔腾的影子，还来不及细看，它早已无影无踪。赫拉克利特说：“人不能两次踏进同一条河流。”是的，当年考研面试时董老的鼓励犹在耳边，不觉间研究生学习生涯却已过半。一转眼间，学业的负重感替代了轻松的时光！此刻面对着紧张的论文开题、不断的PPT修改，有时也手足无措，常常感叹真是书到用时方恨少，从前习以为常的学长们苦读学术经典的画面，原来如此珍贵。

工作繁重、基础薄弱，学业要求扑面而来，压力山大！唯有努力学习，跟随董老闯荡“江湖”、驰骋“沙场”、共避风雨、品味河山，长见识、见世面、练口才、强素质，努力在师长、同学的扶持、鼓励下不断充盈自己，心才会找到安放的地方。

读研感受痛哉、快哉、乐哉！真正心安理得的，是能够和闪光的人同行，时间久了，心明而眼亮！

…宋亚萍

真好！曾经在事外、今日在事中，可以亲自承接老师的新年寄语。

一直以为好老师没有统一的模式，可以各有千秋，但首先必须是“真老师”，直到有人用海德格尔来驳斥我，才引起了我想涉猎海德格尔的冲动。乍一看，真是彻底颠覆了我对某些事物的一贯认识：他说“世界是作为此在（我们自己）之为了整体性而被此在自身带到此在面前的，是此在在为了自身的生存中展开的世界”。通俗讲来，即世界并非我们通常认为的那般模样，不是先于我们而存在，不是像一张白纸一样静静地躺在那里，等待人们去填充色彩，而是随我们一起到来，一起消亡。就连“真理”在他看来也变成了一个饱受形而上学浸淫的概念。真是不可思议！

2015，无论是在坚守“真理”的路上，还是在颠覆“真理”的途中，抑或是在这两者之间摇摆徘徊，我都会在场，作为一个爱较真的人，我无处可走！也唯有如此，才觉心里踏实！

…王　颖

又一年，我们抑或因翻越过许多高山河流而欣喜、充实，抑或因只是围着“磨盘”走过了一圈又一圈而黯然、失落。回首检审，还有几人能保有出发前的那颗初心？

去年是追问“去哪儿”的年头，迷失与找寻和这一年结下了不解之缘。看到老师的寄语，反叩内心，才发现已经和梦开始的地方渐行渐远了。大学里的每个师生本都是怀揣着梦想一路走来的，只是走着走着，时间长了，沿途的风景多了，初心也就淡漠了。心不在，梦还会在么？

黑格尔认为，教育的所有意义，都不是一种为了外在目的的手段，而首先是以自身为目的，教育是人性实现的内在过程。反思自己的求学初衷，也曾是那样的纯粹和令人神往——记得夜读后从图书馆回到宿舍的充实，也记得拿到硕士研究生录取通知书时的兴奋，更记得选择读博时的坚定与执着。想到这里，竟已热泪盈眶，为当初的虔诚，也感慨现在的迷失。白岩松说，当一个国家要靠呼吁来唤起阅读时，是一种堕落。以此类推，当一个以学习为主要任务的学生，特别是博士生，还要靠各种外因的激励来坚持学习时，也该自以为耻了吧？我们好像总是灵活和变化有余，而固守和坚持不足。如果大学、校长、教师和学生，都能在漫漫征途中不忘自己从何而来，小心呵护和固守自己那份纯粹的初心，现在的景象应该会是不同的；如果我能寻回初心并执着坚守，梦想也许会更近。

董老当属勿忘初心的表率，认识您十年，您对教育的痴心不改。这不仅需要勇气，更需要底气。

…卢　颖

子曰：“于止，知其所止，何以人而不如鸟乎！”夫子认为，鸟儿尚且知道找一个栖息的林子，人怎能不知道自己应该落脚的地方？你是鸟儿，就不要羡慕鱼儿会游；你是鱼儿，就不要羡慕鸟儿会飞。但这还只是形体的部分，不是追求所在。精神的“知其所止”，才是通往“止于至善”的路径。

反思现有生活状态，是因为选择所以存在，还是为了存在而做了选择？学生以为，所有的存在，都只是自己主动或被动、有意或无意的选择而已。李白有经天纬地之才，却选择了尔虞我诈的官场，以致怀才不遇，潦倒半生。陶渊明却远离官场选择了隐居生活，虽也穷困潦倒，但在自耕自足之中得到解脱，至少身心是愉悦而安详的。同样的境况，不同的选择，却遭遇了不同的人生。

追梦之路要么转弯，要么直行，不管结果如何，一切都是自作自受。若能如此明理淡然，就有可能跳出“红海”大战，找到“蓝海”策略。

老师放心，徒弟自会适时选择，用心坚守。

…黄湘超

回想从小学、中学到大学，一直以来萦绕在我身旁的是长辈们孜孜不倦的教诲和无法穷尽的责任。而我总是习惯于聆听他们的教诲，习惯于完成安排好的任务，习惯于接受别人的给予，习惯于跟随前人的步伐。忘了反省，忘了自我，忘了付出，忘了改变。

老师的寄语使我幡然醒悟，过往的习惯导致了自己心与身、心与脑、心与灵魂的脱离。当我自我陶醉于自己限定的小圈子里的时候，却不知道我早已成为他人的“风景”。此刻我真切感觉到了丝丝凉意。看来必须得打开心中的枷锁，开始改变了。否则，被他人嘲笑只是一时，被自己鄙视可是一生。

知道自己想要什么是福气，放下自己不需要的则是勇气。“过往不恋，当时不杂，未来不迎”是前人留给我们的金玉良言，我曾经把其视为自己的座右铭。但身为凡夫俗子，我却总想“恋可恋之过往，杂可爱之当时，迎美好之未来”。事实证明这只是错觉而已，生命品质的钥匙握在自己手中！不必缘木求鱼，只待觉悟与行动。

…徐绍华

2015寄语又到，阅后心潮澎湃，激情又起。想起董老在我读博四年间的打磨修理和谆谆教诲，由衷对他的执着点赞！

面对频繁的社会现象，我不停反思：自己是否也存在与书籍失联、与教师失联、与亲友失联、与心灵失联的行为？沉默当然不是最好的回答，“潜水”只会自欺欺人。突然想起慧能禅师的偈语：“不是风动，不是幡动，仁者心动。”继而意识到，只要心动则一切皆动，只要心在便不会失联。

因为失联，所以时间不在；因为时间消失，所以失联。其实，失联也好，失时也罢，既不能常有，亦不能常在，但唯有善于洞见时空转换的人方能把握生机。为此，回顾逝去的日月，我亦不断地在日记中总结得失，尝试突围。然而，在时空转换的三维空间里，人们所能把握的也许既不是过去，也不是未来，而仅只是眼前、手边和脚下。尽管如此，我们还是应该鼓足勇气叩问未来。所以，我依然相信马云的话：“梦想还是要有的，万一实现了呢！”

…王　欢

寄语读罢，“平庸”一词最有共鸣。

起初对于阿伦特的“平庸之恶”我显然有所误读，我直接将之与没有个性对等，然而再深入下去才发现，对于显而易见的恶性不加限制，或是直接参与的行为，才是平庸之恶。如：

赵高指鹿为马，群臣点头称是；纳粹建集中营，人们竞相应聘。这些都是典型的平庸之恶。但转而又想，什么是平庸，似乎又指盲目的追随，进而随波逐流。那么什么是恶呢？这也许要的是我们的价值观。如果我们对恶体会不出恶，那么即使陷入平庸之恶我们也不自知；如果我们将平庸视作是一种恶，那么平庸便是平庸之恶的具化，那么起初我对平庸的理解是粗浅的，但却不能说是错误的了。

不论处于什么样的时代，我们都始终可以找一万个理由说服你追随，而事实也确实如此，我们所有的选择与抉择都在一点点修正着你的方向，虽然你即使放弃你选择的权利，也有一条道路供你选择，代价却是永久的随波逐流。于是被湮没、被忽略、被忘却，然后永远的平庸，过着放水的人生。平庸与放水成为混迹学生阶段的一种显而易见的“恶”，越来越多的人来读大学，混完四年茫然地再去混人生，抑或接着混个研究生，期盼着那一纸文凭拯救自己。大学也极为配合，不断地容忍更多的人来降低品格，急匆匆地“开门迎客”，更迫不及待地“完成生产”，为平庸敞开大门，我们对此自知很久，却对此显而易见的“恶”缴械，成为顺势的推动者。这是时代的“恶”，也是教育之“恶”。

与此同时，任何时代都有生机。因为每个人都是自己的行为主体，而只有自己的意识才能支配自己的行动，简而言之，你也同样可以找一万个理由去坚守你的信仰，在同样的大小时代里，过不一样的人生！那么静静思量，什么是我生命中的恶？结论正是老师反复提到的平庸。较之去年的彷徨与逃避，我终于清醒，要摒弃做一个平庸之人的舒适感，就如同想自己是舒适着胖下去还是苛刻地瘦下来之间的选择。然而这是一个悖论，只要你不瘦，你永远无法舒适，只要你胖着就永远苦恼，不过是你想把这烦恼提前终结或推迟结束而已。

所以此刻终于下定决心，先努力做一个U盘式的人，尽心尽力，不可代替。

…李　宁

美好的经历总是短暂，追寻的步伐又如此复杂。期末季，校园里弥漫着紧张的气氛，一学期又不见了。有人慨叹，时间如果重来……

叔本华说：“人生无法避免死亡和空虚。生存之余之所以空虚，是因为生命的全部形式中，时间和空间都是无限的，而个体拥有的却极其有限，世上本没有常驻的东西，一切都在不停地变化、流转。”生命是短暂的，精力是有限的。把生命耗费在迷茫中，是最大的浪费。时间无声无息地溜走，不是只有苍老才能证明。如果找不到自己，在时间的磨砺中不能感悟生命的真实，那岁月只会给我们留下年龄和皱纹，并不能让一个人变得成熟。感叹之余，该做的总是来不及。时间又是相对的，既然无法把控外界，为何不对自己下手呢？珍惜点滴，用心做好每件事，不偏执于不可得之事，即便结果不尽如人意，也大可无悔矣。生命的意义在于找到自我，实现自我，才能做到无我。到了无我的境界，时间便成了静止，无所谓长短，刹那成就永恒。

承诺无用，唯有行动起来——不犹豫、不退却，坚持单纯的梦想，努力求索，精进不舍，无悔结果。

…李　雪

老师，您常说，“教育者常常忙于教育别人，却忘了教育自己”，从前，我一直以为它只是一句调侃的话，或是一个具有讽刺意味的玩笑，现在仔细一想，果然如此。“别人”和

“自己”原本就是一对矛盾体，不然也不会与“成全”和“牺牲”产生任何瓜葛。

期待2015，所有经历过的、正在经历的，或者即将经历的，一切都能像狂风骤雨一般，历经一场，旧迹斑斑。

俗话说，“山不过来，我就过去”，生活中，我们始终是鲜活的生命个体，没有人布下天罗地网追捕我们，也没有人会用严刑拷打来逼我们招供，更没有人试图置我们于死地。我们之所以会战战兢兢、诚惶诚恐，实际是因为我们内心不够强大，脚步不够坚定。

钟表确实可以回到起点，但却已不是昨天。

…查文静

“吾日三省吾身”，按此推想，一年“省吾身”“一千次”也不为过。尤其新旧交接，日历从“1”开始翻过的瞬间，蓦然心惊，在自省或“被”自省的过程中，或多或少令人增添了一些“往者不可谏，来者犹可追”的自勉心态。

眼见或者耳闻“新的一年重新开始”“抛弃过去不成熟的自我”“一定要多读书”甚至“今年要减肥十斤”之类的愿望，总会令人振奋。各人怀揣不同愿望，但目的地不约而同：总之，是奔着更好的生活而去。然而，吾师告诫，须知收获必得耕耘，并且是“狠狠地”耕耘。然而，人性常常怠懒。多有人做着轻轻松松过舒服日子的迷梦，却少有人愿意勤勤恳恳为踏实日子而努力。尤其在教育学学科领域，勤勤恳恳做学问，过程总是漫长，显效通常遥远。“幸运”的是，科技大爆炸时代，我们都拥有机器猫的任意门，可以轻松通达学术的种种“捷径”。于是，东抄西扯“做”学问甚至通篇“引用”的情况甚嚣尘上。

时间审判一切。时间流逝，虚无与浅薄无所遁形，存在与深刻不言自明。现在看起来“繁花似锦”的现象，终将成为过眼云烟。而人类文明史上那些先贤智者，其灵魂思想穿越千年而来，依然给养着我们的心灵。就如孔子所说“发愤忘食，乐以忘忧，不知老之将至”那样，在发愤的过程中，猛一回头两鬓已经染上风霜……不得不说，这是一种不易抵达的境界；而荒废到老，才猛然想要发愤，不过是一种被动的找补。应该选择什么，我们心中了然，但愿目下不再蒙尘，但愿不被自己阻挡住自己的前行。

…张志贤

有段子说得好：新年愿望期许2015年的计划竟是完成2014年的承诺希望可以实践2013年的目标搞定2012年的未完成事项。

生若随流恐被嘲。经董老演绎后的“失联”二字，有如千斤重锤，重击在我身上，但可笑的就是我这种给自己找借口的学生，可悲的也是我这种怠惰的徒儿，正对应了老师所指——给自己的平庸找理由。字里行间的鞭策，真是亘古难寻的善诱策略，真是为难您了。

志贤现在身处于世界知名德国最古老的大学广场中，听着诗人歌德当年的赞叹：“将心遗失在这里” ……感受这里孕育超出十位诺贝尔奖得主的灵气，也再次向您保证志贤一定跟得上今年的论文开题，更期许能于2016年完成论文。台湾作家三毛说：读书多了，容颜自然改变，许多时候，自己可能以为许多看过的书都成过眼烟云，不复记忆，其实它们仍是潜在气质里、在谈吐上、在胸襟的无涯，当然也可能显露在生活和文字中。日本宫崎骏也说： 做你没做过的事情叫成长，做你不愿意做的事情叫改变，做你不敢做的事情叫突破。

当下学生在海德堡大学广场前为自己下定决心：愿意读更多的书来改变自己，在老师的捶打下突破自己，回应您的敦促，也感谢您的宽容与体谅。

…周　宏

世界不是谁的，“现今”和“世道”却是着实“在”着的，无论是有幸遇上，还是遵循安排，必是要踏踏实实过一遭的，别无选择，也是最好的选择。比“失联”更糟糕的是传来噩耗；精神的不“失联”，有两种可能，要么已经成熟，要么停滞不再成长。因为尚未彻悟，2014 我“失联”过，2015 或许还会“失联”——放心，“我”在努力回来的路上，敬请期待“我”的成长。

“好老师”首先要有对的灵魂，好的教师群体首先要有对的生活。

思想是一个人逸出的灵魂，文化是一群人溢出的生活——前提是充盈。“好老师”是他人评价中的口碑，不同评价主体有各式的内涵诉求，无论哪一种“好”，背后都要十足的自修功力。与各种“好”的契合，无论着意、刻意，还是随意、写意，都要先有“意”。

2014：现象与真相

亲爱的弟子们：新年好！

又是新年第一天，为师又尘封了一载，你们又习染了一年。昨夜，回顾一年来的教研实践和学术生活体验，深感喧嚣的学术现象和寂寞的学术真相之间反差强烈！那些“高端”的学术“峰会”、穿梭往来的大腕儿专家、各级各类的课题申报、轮番上演的评奖活动，如愈演愈烈的雾霾般时聚时散。忽然想起一句经典的网络语言：“好久没有人把牛皮吹得这么清新脱俗了！”自查自检之余，当即响应协同创新的号召，将胡塞尔的“现象”与释迦牟尼的“真相”协同一处，创作对联一副，就此将其内置于心中、外悬于办公桌之上，第一时间与弟子们分享，以为今后学术生活的“醒酒”棒喝和诉求选择——

向上走，大忽悠，通权贵，搏资源，事里事外始终紧张折腾；

往下去，小生活，接地气，得人文，身前身后总归轻松自然。

同质化时代的小日子怎么过？学术生长的渠道如何选择？

个性化的坚守还有没有意义？显然每个人都有自己的算计和路径，子弟们各有千秋、各有求索，在世俗潮流中描绘着多元的价值图景，有人欢喜有人忧！为师所能够做到的，就是持续发出自以为准确的、在互联网时代随时会被消息大潮淹没的微弱价值信号，唯愿身边的弟子在或偶然、或必然的学术生涯成长进程中少走弯路、不走邪路、能够看准脚下的正路。虽然“鸡有鸡路，鸭有鸭路”，但不同的路径总是会导向不同的生活方式和结局。笨蛋不断去重复别人的错误，聪明人能及时从自己的错误中吸取教训，但智者却能够从别人的错误中吸取教训而不必重蹈覆辙。

有的天才夭折了，有的笨蛋发达了，均属偶然，千万别看走了眼。

现象当然不是真相——世相存在，并非真实。我们都是远视眼，常常模糊了离我们最近的幸福。2013，“十面霾伏”之下，“土豪”四起，“女汉子”迭出，“大V”滑铁卢，“奇葩”一朵朵。生活在现实世界，一年有一年的新概念，一季有一季的流行风，信息时代无时无刻无所不在的媒体，漫天飞舞的短信微信，你如何静心，是否需要静心？我们身在何处？心又在哪里？作为高等学府中的匆匆过客，师生无一幸免都置身于社会风潮的袭染之中。又逢新年，一定有人乐观有人倦怠，有人高亢有人低沉。于是，校园里不乏学子云：“念了十几年书，想起来还是幼儿园比较好混！”甚至有叹曰：“一个大学生的奋斗目标：农妇，山泉，有点田。”天呐！虽然说大路朝天，各走半边，选择什么样的生活都无可厚非，但身在学府，或长或短或多或少，总该泛起一点“精神”的涟漪吧！红尘滚滚中，师生们很有必要效法禅宗二祖慧可断臂求法，向达摩求个“安心”之策。达摩之回应的确“高大上”，他一抹光头一语中的：“将心来，吾为汝安。”时光荏苒，当下院墙之中的众生能否也如慧可般给出同一的答案——“觅心不得啊”！

实象其实也不是真相——在高等教育大发展的时代，校校争创一流，个个抢做科研，院墙内外处处呈现出繁盛景象，然而，杰出人才依旧寥若晨星，原创科研依旧不尽如人意，创新思想依旧徘徊于唇齿之间，校园上下弥漫着“唯物质主义”（张楚廷语）的气息。纵然有专项规划打造“世界一流”，还有专门策略“冲击”诺贝尔奖项，再辅之以各色“重点”、各种“中心”、各类“精品”、各路“名师”，但学术之真气却还是稀薄于大学之中，未能激荡于普通师生的心田。更有甚者，课题成为大学里人人追崇的一件物事，群体扎堆做科研成为时代的特征，甚嚣尘上的科学研究事业给科学自身开了个大玩笑！形而上的研究犹如断线的风筝，上不着天，新思想新学说千呼万唤鲜见踪迹，文人消弭，人文不在；形而下的实证研究登堂入室备受推崇，但往往成为预设结论的材料拼接游戏，只有证明，偶有证实，从不证伪。“田野调查”大多被“跑部钱进”所替代，为科学献身不经意间华丽转身为“献身于科研之学”——填表格、组资源、通关节，数篇目、量级别、跑财务。

佛说：此像非相。时下有云：犯贱是普遍真理，你我只是其中之一。

亲爱的弟子们呐！新的一年开始了，多么希望你们早开慧眼，拨云见日，能够摒弃假象的干扰、抵御乱象的迷惑，看穿现象的本质。人生本来矛盾重重，既然问题少不了，就千万别再自寻烦恼；既然还有心愿未了，就要勇于担当、尽心尽责。世界本来自然，并不因为你的苦痛而停止转动，也不因为你的纠结而改变方向。从天堂到地狱，我们只是路过人间，因此大家需要彼此珍惜。作为高等学府里的一员，出路安在？为师并无绝招——唯有多读书，书中自有大气象；多写作，文字通达天地阔；多开心，利人利己两不误！

好自为之吧！

…周　宏

学术界的情势如此岌岌可危吗？可是，人类历史上一共只有屈指可数的那么几个思想蓬勃发展的时期，每个时期也只有寥若晨星的那么几位文化巨匠，然而这仅有的几个时期、仅有的几位文化巨匠却撑起了全部人类思想史的恢宏屋宇。更多的时候，更多的人，只是在这少数人的感召下、在蝇营狗苟的日子里缓慢地觉解生活世界的意义。也许若干人世变换之后，岁月用曾经的沧桑告诉人们，我们所生活于其中的时代，思想正处在黎明破晓前光明蓄势待发的浓浓的暗，其间保持头脑冷静和道德自觉的先知也因此尤为可敬可贵，而暗夜里碰壁和迷路的人们可悲但不可耻。

对生活的反思和生活本身是完全不同的两码事。不妨盘点一下哲学家们，闭锁人格的、精神分裂的、性向异常的、生活作风为人诟病的、欺师犯上的、跳脚对骂的大有人在。难得一位顾家好男人弗洛伊德，研究取向和学术观点又剑走偏锋，遭受了多少背地里的指戳和白眼。所以，看起来光鲜的未必真光鲜，听起来鄙俗的未必真鄙俗。“农妇，山泉，有点田”不好吗？止步于“外貌协会”以外，心向自然，追求简约，难道不算洒脱飘逸的生活愿景？不耽美色，难道不更接近思想者的生活选择？——幼年失怙，情爱失谐，传说许多哲学家都是这样炼成的。

世界是否可知以及如何为人知的问题，长期以来一直困扰着人类。从“现象”到“真相”，必然经由一次人的主观还原，“现象”能否到达“真相”则依赖于以上悬而未决的终级谜案。安心之法的前提在于知心之所在，明明二祖慧可困顿于“觅心不得”，达摩反说为他“安心已竟”。“本来无一物，何处惹尘埃？”借助六祖慧能的偈语似乎更容易参透一丝达摩安心法门的深意。

在“现象”与“真相”的错位与挪移中，体会生活世界的双重意义，也会是一种神奇美妙的经历。进入2013年，尤其是下半年以来，我在QQ空间里耗费的时间明显越来越少，因为好友们越来越疏于空间更新，一度以为大家怎么约好了一样齐刷刷地忙起来。年底的时候，在遭遇了N多次“奥特曼outman”的嗤笑之后恍然大悟，原来大家都转战微信了。于是，没有微信账号的人就这样在QQ与微信“平行时空”的夹缝里偷得浮生半“年”闲！但这也未必是真相。有人不用微信，感觉生活很清静；必然相应地，用微信的人们享受着升级版即时通信软件带给生活的丰富多彩。孰对孰错，没有定论。但那清静自得的感受和享受多彩生活的惬意，却无疑都是真实的。

佛说：“凡所有相，皆是虚妄。”诗云：“心安是归处。”

我想，正道沧桑，一切会好……

…黄艳妮

时间如流沙一般从我的指缝滑落，是指缝太宽还是时间太窄？一生有多长，也许就是一朵花开的时间，我们终抵挡不住岁月抵挡不住光阴。前一刻，董老2013年的教诲还回荡在耳边，后一刻，2014年的寄语就接踵而来。恍惚中，一年就这样在我面前翻了AB面。扫描三百六十五天，我用我的平常心过得不悲不喜，不骛不惧。欣慰中，我希望这样的自己是幸福的。我能为自己的每一个决定负责，能为每一次的成长而自我肯定，能为自己拥有的而自豪，也能为自己失去的而去总结。

如2012一般，我终未将2013年谱成神曲。站在时光的十字路口，回望过去的林林总总，有起伏，有变迁，有黯然失色，也有笑意盎然。生活总在变化中不断向前，我也在时间的洪流中渐渐成长。这一年，我遇到了各种各样的人，也算于我平淡的求学生涯中增添了不一样的色彩。每个人的际遇不同、格局不同，便注定了在人生的旅途中会看到不同的风景。谁都是凡夫俗子，都在世俗的泥淖中扑腾着。有的人天生是带给你温暖的，有的人注定是要来给你上课的。感受过真情、贴心、关爱与在乎，也经历过流言、诬陷、焦躁和不安，才发现愚笨的我在过多关注别人的世界里迷失了自己；也懂得人生路，无论拥有还是失去，并不处处都如人所愿，太计较，累的总归是自己。

董老常说："做一个出类拔萃的人，做一个让人感动的人。"这些话语总会于我低沉迷茫时拨动尘封已久的心弦，激励我继续前行；也让我在最深的红尘中懂得守住最初的萌动与欣喜。智者的点拨终会给人以顿悟，做最好的自己才配拥有更好的未来！

"君看今年树上花，不是去年枝上朵。"手执时光，漫步岁月，花还是花，花已不是花，今日的花也不是昨天的朵。人生路上，要自己给自己正能量。心中有爱，看世界的眼睛才会纯净，感觉才会温暖；心中有恨，看世界的眼睛也会有杂质，到处都是丑恶。生活的好与坏，人生的幸与不幸，环境的优与劣，一切都取决于自己的心态。在这个人人斫死于槽枥、彼此相忘于江湖的时代，但愿自己始终拥有一颗纯粹的心，保持住它的底色；抑或将自己陷入一本光影流年中，在翻看那些依稀的旧梦时，心中荡漾的永远是感动！

新的年头，人人都在祝福马上有什么，"马上有钱、马上有房、马上有车、马上有……"如若真能实现，我则希望马上有爱，能用真诚的心爱自己、爱他人、爱世间美好的东西，也能得到他人的关爱、疼爱和真爱！

…金寿梅

雪梅寒霜，仰企良殷。

又到了蜡梅盛开的季节，正当回念在课堂聆听教诲之情景，就立刻接获师长在万里之外递来的电子邮件，只感万分惊喜！细读寄语内容，秉承教诲，着实感愧交集。学生在台湾独立研究，荏苒经年，虽然事务繁忙，不过学业未曾怠废；每次都能够将理论研究心得检证于实务，印证师长理论时，往往都有丰盛的收获。

倘无师长栽培之勤，学生不会有今日独立思考的能力。饮水思源，感激心头，益增惕厉耳。师长在书信中开示：“往下去，小生活，接地气，得人文，身前身后总归轻松自然。”谆谆厚意，敢不敬从！学生明白学术堂奥纵然博大高深，但是如果有志钻研，总是会有窥豹一斑的时候。对于师长传授的学理，学生常与在台学长及同窗联系讨论，彼此相处亦融洽。学生每有顿惑则会主动邀约学长研讨，闲暇时也会聚会，借游览山水畅谈学术，切磋琢磨，砥砺精进。

世事烦扰，假象蔽目。潜心学海，总得悠游自在；笑看人间，多有明心洞察。学生今尚得持明心一点者，全仰赖师长之所赐。钟声催人，容后详陈。讲余有便，祈 时锡南针，俾有遵循。岁暮天寒，朔风多厉，伏祈 珍摄。肃此，敬请教安！

…王 颖

2014 的第一天和往年一样，在和煦的阳光下又收到了老师饱含真情的新年寄语。毕业多年，而今重返师门，成了一名博士新生，为此，我将再次认识自己。

从德尔斐神庙石碑上“认识你自己！”的铭言、斯芬克斯之谜到苏格拉底“我是谁？”的追问，至今已耗费了哲学家们多少精气神，答案依然悬而未决。其中，颇受启迪的是海德格尔的描述——“人”应该是人，不是动物；人应该是有自我特点的人；人的本质应该是向思的。

从理论上说，人有超脱他人回归自身特色的能力，因为人本身的特殊性，决定了他最终会回到和别人不同的自己。但是，现实中的人对此却是困惑和犹豫的。官场、市场和学场，每个“场”都应该有不同的主角，可是人却总喜欢自不量力地挑战不擅长的领域，以此来证明自己的“无限可能”。于是，他人当官我也要弄顶乌纱玩玩；今天你挥金如土，明天我也得珠光宝气；别人学养丰厚，我也想方设法捧一纸文凭作“博士”状。恐怖的是，这股“充满追求”的世俗龙卷风早就袭卷进了大学，“样样好”和“样样红”也成为大学中各类人（学者和行政人员）自我定义成功的坐标，于是就有了“模糊的象牙塔和远去的大师”（董老师语）之幻相。

此时，您再次对学场上的我们提出了要求，我认为这就是想让作为学人的我们自我觉醒。说起来容易做起来难，我们在现实中仍然难免迷失。这显然不完全是学人的错。有史以来，中国文化人立足的根基就是寻求主流社会的价值认同，而社会则总是把“力”和“利”置于“理”之前，几千年氛围的熏陶，想做一个静心和安心的学人真的需要超凡的定力。

可是，还好，有卡玛的话陪我前往，时常于心底隐隐泛起照亮前路的微光：人生是一场修行，路的尽头总有礼物！

…张志贤

腊鼓频催，天寒地冻，一年又过去了。回首这个年头，到处充满“假”象。现今是个闷锅的时刻，大家都闷着心情，准备敞开胸怀迎接必定好的一年 2014。年度交替，2013 对吾绝非乏善可陈，反倒是精彩万分。进入云大攻读博士是我人生一个“大转折”“大关键”“大门槛”的挑战，此一转折将会铺排我人生下半场的剧集。

台湾社会正面临快速老年化、少子化的双重袭击，多数教育学学者呼吁主张，人才培育应分工，未来应整合相关单位建立完整的人力资源调查体系，制定出产学无缝接轨的人才培育方式，让大学毕业生的生产力加倍。各方都在抢夺台湾的人才，而台湾教育所面临非一日之寒之问题，隐含的是即将爆发的困窘，台湾培育的高教人才可能锐减，培育出的优秀小孩未来要留在台湾发展又变成一种奢侈的想象，楚材晋用的现象已经变成不可挡的趋势。现象如此，真相难辨。半百人生，还有奢望，只恨少小不努力，但对秉持“终身学习、学习终生”之态度，始终不敢懈怠。

就个人工作的环境而言，压力充斥于每天的节奏中，如董老所言：“世界其实简单，只是人心复杂，人心其实简单，只是利益分配复杂。”社会其实不复杂，无论个案事件、集体事务，归根就是需要“教”，但偏偏我们的教育环节就是“教”得不够好，就是“育”得不够彻底。因个人工作关系每每于社区走动交流，感到社区之生命力活跃，总是让人感动交织希望无穷，这些不就是教育的果实吗？苏联的教育学家苏霍姆林斯基曾说：“道德教育成功的‘秘诀’，在于当一个人还在少年时代的时候，就应该在宏伟的社会生活背景上给他展示整个世界、个人生活的前景。”这段话道出学校教育接续终身成人教育的衔接关键，只有每个教育阶段都扎实，社会才能更精进。想想这不就是教育现象及真相给的警惕及示意吗？因此，虽说想跟教育学说爱你不容易，但教育学你却不能不爱它。

从事公职近三十载，能与董老随行真是有幸，三十年资历加上董老“超然三界外，逍遥五行中”的开悟，云大面授返台之后反复琢磨，细细品味，政界、商界、学界，无一可不奉为圭臬。若能依循儒学蹈矩之说，再有老子自然而为之术，加入法家之不苟态度，三者只要熟稔践行交替互用，便可有近山识鸟音、近水知鱼性，而达通权贵博资源之效果。官场人生，似梦缥缈，现象与真相真是放诸四海皆准啊。

真的很感谢董老新年寄语，适时给我于整日忙碌的公务和混乱思维中，浇灌了偌大的清流价值，窗外虽天寒但心里头温暖，景色虽是地冻但脑袋里思想不停跃动。明知选择终身进修、攻读博士这条路，肯定问题不少，但能受董老扶持鞭策，自然而然再次提醒自己继续努力加油吧。

马年了，是骏马就该奔腾！

…徐　娟

眨眼又到新年，董老话语的字里行间总是饱含着对学子们语重心长的规劝和殷切企盼。

我们都身处一个浮躁的年代，无论承认与否，“追求利益的最大化”俨然已经成为当下社会中心照不宣的游戏规则，效率也日趋主宰了每一个人的生活，一切活动都沾染了急功近利的色彩。正如王蒙所说：“速度与数量变成了真理、科学、艺术、成功与否的主要衡量标准，变成了精神产品的首要追逐。”即便是最圣洁的教育领域，有“知识殿堂”“象牙塔”之称的高等学府也难以幸免：在轰轰烈烈的“学术大跃进”的亢奋与躁动之下，学术现象与学术真实混为一谈，铺天盖地的科研成果在一片“繁荣”表象之下顿显苍白的本来面目，所谓学术研究的技术路线已经演变为媚俗而功利的操作路线。而院墙之内的众多学者与学子们，也不再甘心饱受清贫与寂寞，最终在社会大染缸的不断浸蚀之下，自我放逐，丧失了知识分子应有的那种不屈不挠、卓然特立的风骨与品格。可喜的是，2013年，我国已经跃居全世界论文产量第一，然而，更可悲的是，高产之下的学术创造力却严重萎缩。

在教育学术界的真真假假面前，董老的告诫警醒我们适时躬身自问、明辨是非。正如周华健在一首歌里所唱的："飞越迷雾，把生命看清楚，明明白白掌握你的路，经过跋涉之后你总能够，拨云见日重回到最初。"然而，谈何容易。

人生如此短促，烦恼却如此繁多。佛经有云：众生有八万四千种烦恼，亦有八万四千法门给予解脱。世上本无事，庸人自扰之。人之所以会徒生烦恼，是因为还未洞穿真谛。唯有登高，方能极目，只有坚守自己的梦想，积极进取，乐观豁达，方能超越当下的得失、荣辱、贫富、尊卑，最终获得难能可贵的道德幸运！

想到这里不禁心里一慌。"盛年不重来，一日难再晨。及时当勉励，岁月不待人。"得抓紧了，唯有珍惜当下，才能幸福一生。

…张琪仁

2013年9月25日，国家主席习近平向联合国"教育第一"全球倡议行动一周年纪念活动发去视频贺词，表示对"教育第一"的坚定支持，并承诺要努力让十三亿人民享有更好更公平的教育；11月9日至12日，中共十八届三中全会举行并审议通过《中共中央关于全面深化改革若干重大问题的决定》，七百二十三个字推开历届三中全会对教育领域力度最大的一次改革；11月28日，中国人民大学等六所高校章程经教育部核准发布实施，中国高校迈入宪章时代……每一个时间都似乎站在事件成为历史的开端，却又袅袅回应仿佛能够看到现在的过去的企盼。

历史之所以富于魅力，就在于它气势恢宏又真实琐碎，它穿过了日光又历经了黑夜。好比西南联大在中国高等教育史上留下浓墨重彩的一页，却在画下句点时撕裂、辛酸。1946年5月正式开始的北迁之路从准备阶段就一路嘈杂、一路凌乱。但无疑，当“历史”不只作为简单的说教素材而鲜活地呈现时，内心总会有一种似曾相识的“共振”，这样的“共振”或是对“期盼久久”到来脚步的阵阵悸动，或是对“预料之中”势不可挡的心潮暗涌。这呈现，最好的方式，即是你亲历它的发生、发展。2013或许可以算是这样的一年……

真相和真实总是难以甄别，而这剪不断理还乱的甄别与真相、真实本身却又都是那么弥足珍贵。《南方周末》三十周年的新年献词说：“每年新年，我们都在……这里向你剖白。剖白是为了沟通，沟通是为了理解，理解是为了共识，共识是为了同行。”剖白的尴尬、困窘、痛苦、阻力让多少咬牙跺脚的“满血复活”变“累感不爱”。

但不管是徐徐回望中的遗憾和震撼，还是翘首企盼中的“忽如一夜春风来”，我都充满热忱，因为教育比其他任何事情都需要理智的行动与热血的灵魂！

…李　雪

第一次看到老师的新年寄语，不免感慨万分。回顾刚刚逝去的一年，太多的悲喜交加，心中从未有过的五味翻腾，求学路的梦想成真无疑成了2013年最令人喜出望外之事。如今的我，虽“身陷”高等学府，却从未走远。也许这是上天待我不薄，可怜我这“苦孩子”；或许是时代的沾染，连我也被纳入这幸运儿的行列。

社会前进的步伐太快，追得我疲惫不堪。心碎之余，一个念头突然闪现，对自己说：“勤勉起来，还有很多你不得不做的事情在等着你。”哦，明白了，我“被”生活了。曾经问过老师：面对纷繁复杂的社会，自己如何脱身？师答：“贵在本心，可选择，求放心，本真的东西才最重要。”于是乎，一颗叫作“梦想”的种子，深埋于心底的它，使劲全身气力，穿透五脏六腑，开始萌发，它告诉主人，请跟紧我的脚步！终于，梦想敌不过现实，它刚一萌发，就被击碎，最终迷失。有道是“雾里看花，水中望月”，虽真真切切，却又充斥几分缥缈。

“生命是一场赛跑，唯有坚持到底的人方可看到胜利的曙光。”话虽如此，但驱动力何在？心又在哪？答曰：行随心动。又问：路在何方？答：路在脚下。

原本以为自己可以“不闻窗外事，只读圣贤书”。当2013年倒数第二天来临，一天内历经百转千回之后，想想如今也该知足。“松鼠林间闹，梧桐亦然坚。”也许，人本该做一棵高大坚挺的梧桐树。“大象无形，荣辱不惊”，说出这话，又觉几分好笑，吾非木，安知木本心？如若吾与木本为一体，真亦假来假亦真，真真假假又该如何做解？也许，恰是短暂的路过，才会对其心生感念。“越近越看不清”，当自身陷入专业学科学习的困境中时，期盼有高人指点，殊不知，自救者天亦助。

老师“棒喝”之下，忽然明晓：殊途同归最好，无须强求，脚下的路还需自己走。抬起头，挺起胸，记住自己许下的承诺：永远不要依赖别人，即使是自己的影子，也会在黑暗中离开我。坚定步伐，一路向前，纵使头破血流，粉身碎骨，始终相信，有心在的地方，就有梦想；有梦想的地方，就有远方。我们所需做的，就是“求放心”！

自自然然，便也轻轻松松。

…李　宁

透过时间的陈酿，我们看到了新年的爆竹，还有绚丽的焰火，更有花蕾里绽放的希望。回顾这一年，在求学与生活的路途上，我也避免不了急躁、胆怯、妥协，甚至迷失。虽一路搏击过来，却也有着无奈和纠结，但庆幸的是还能够踏在更高一级的学习之路上继续行走着。

我一直觉得我们要把求取幸福与谋生区分开来。求取内心的幸福，并不是靠谋生的方法来获得的。“财富如同海水，喝得越多，人越渴。”要想幸福，在于心。偈语有云：“我有明珠一颗，久被尘劳关锁，今朝尘尽光生，照破山河万朵。”其实，我们每个人原本都是快乐的，正如小孩一样。而许多人之所以不快乐，终因被大量外在的诱惑、内在的虚妄所染化，蒙蔽了本性。正如买东西一样，最幸福的感觉是在去买东西的路上，买到后即刻消失。我一直不赞成现在的成功励志教育：首先，这种成功者少之又少，每个成功者的道路和方法都是难以复制的；其次，我们看到的更多的是成功者成功之后的光鲜和璀璨，而较少关注成功者成功背后的努力和不易。现在的成功励志教育是一种舍本逐末的方法，最终的结果是造就了少数明星和更多的失意者。

其实，我们无须舍近求远，获取幸福，我们只需反求于内心即可。看清自己，认识自己，让心深深沉沉地平静下来，把自己做好。端正心态，不妄想、不妄动，陡然发觉，原来世界很快乐，自己也很快乐。这时再去行动做事，不论成功与否，一切都很自然，在求索的过程中就会收获幸福。心到即是佛，心不到即是众人。

…范益民

董老的新年“贺词”如期而至，细微之处能感受到对弟子们的悉心呵护，言语之间透露出温馨关怀，以及对当前学术生态的深刻辨析。反复揣摩，借机回应，将自己过往一年的心事吐露一番。

结识董老已三年有余，每每在纠结、紧要之时，总能得到及时的点拨。学生愚钝，对在学术之路上能够前行多远，实在没有太多的把握。好在，在董老的悉心照料下能在如此浮躁的学术环境中，潜心反思研习一点所谓的学术，已万分庆幸。大有一念放下，万般自在的感觉。

出世与入世本相困扰。大学本有道，但是在功利主义、工具理性的支配下，各行其道者无不交融于大学之道中，大学反倒无道了。吾辈作为大学生态系统中的一个细小生物体，何尝不受感染！幻想中总想要找到一个既有传统文人墨客的风骨，又有入世者的潇洒倜傥的契合点。我想担当，对时代责任的勇于担当；激情，对教育事业的如火激情；反思，对传统与现代困境的深刻反思。静，再静，静能生慧。就让我在这浮躁的环境中修炼好“静”功吧。

放下与放弃的较量从未停歇。放下是大度、是胸襟、是气魄，放弃是胆怯、是懦弱、是退缩。放弃的应该是世俗官场对学术志业的干扰，是短视狭隘对理想抱负的强力束缚。而现实中恰恰正是这些放弃之物，成为我心中最难以释怀的东西，如贪欲、如魔法，让我如痴如狂，让我总在世俗世界中循环打转。放下是人生的最高境界。但是，三岁小儿都知道，八十老翁行不得！

为谁活，如何活，活得怎样？在我的脑海中，已经追问了无数次，总未说服自己。恍惚间，在董老的新年寄语中，似乎体悟到了说服自己的理由。

一年又一年，董老对文化道统的那份持守、对弟子们的殷殷之情，无不体现出真学者心中那份强大的自信和面对纷繁事物变局时的淡定与从容。

吾愿追随始终！

2013：不得不说的啰唆话

亲爱的徒儿们：

有了去年元旦献词，今年似乎也得说几句。铺天盖地的网络词汇几乎涵盖了人间所有美好的字眼，以至于当我们真正想表达某种特定情感的时候，居然不知所措——好一个喧嚣浮华而平庸粗浅的时代！

玛雅预言管它准不准，总是步着海明威的丧钟趁机给芸芸众生又敲了一记警钟！让我等书生可以借机适度反省，去觉悟点滴学问之旅途的意义。

民国时代的知识分子大多着布衣现补丁，但器宇轩昂者不在少数，让人肃然起敬；今天的学者教授不少着名牌挺油肚，但形容倦怠眼神游离者极目可见，让人侧目而视；先秦魏晋唐宋文人酒后有诗，茶中有情，千古诗画精雅至极竟后无来者；当下众生为各种合理与不合理的生存理由相互托付，酒后成项目，茶毕签合同，醉卧四处毕竟只余俗不可耐的套话俗语——如若众人皆醉我也醉，众人随波我逐流，那岂不是对不起高等动物的称号？！

有人写了一本书，叫作《人生为一大事而来》，2013 了，活着干嘛呢？个体的生命是个小小的恒量，有多少网页需要浏览？有多少层级需要跨越？有多少财富需要积累？有多少人需要去摆平？有多少烦心的事情还未想清楚……愚师不得不提醒大家：当我们把预定的所有目标实现之后，结果自然呈现——无论玛雅人发不发出预警，死亡自然就在眼前了！

宗萨蒋扬钦哲在《正见》中指出："悉达多并没有研究经费或是研究助理，只有炎热的印度尘土和几只路过的水牛为他见证。就这样，他深刻地了悟了无常的真相。"这种情形在当下的人文社会科学研究中是难以想象的，我们普遍以为，必须要争取到各种各样的丰厚的社会资本作为条件，再挂上基地、先进、名师等一系列号牌之后，就会如尼采般源源不断地流淌出思想来！而各种作为"大事情"的研究项目才能够得以组织实施，各种研究成果通过申报评奖也才能成就个人作为社会科学工作者的"大事业"。

事实似乎并非如此！当今教授越来越多，而学者越来越少；研究生越来越多，而研究者越来越少！

于是，今天再次与你们分享一句话：一息尚存，从吾所好！做自己喜欢做的事才是天大的事！奉劝大家，新纪元纵然又是千万年，但摊到个人还是只有两万多天，于是，请抓紧时间，用智慧的心灵去感知你所喜欢的生活方式，用加倍的努力去为你选择的生活方式赢得更大的自主权，把最多的时间消耗在你认为值得的事务之中——每个人都不同，各有各的精彩！

因为有了你们，为师持续坚定着从教的信念！

…周　宏

又到元旦，看看时间，十点半多，点开邮箱，果然，一封来自董老的新年寄语已经如期而至。当然，香艳浓郁的祝福，想都别想。反而提到“海明威的丧钟”，还说“死亡就在眼前”。如常的话语风格在节日的特殊时点，显得格外真实和真诚。

“那又怎样”——我一直以来的心态关键词，2012年也是。临近岁末“某日”，居然当真几次被问道：“世界末日是真的吗？”以反问对之：“就算是真的，那又怎样？”那年轻的说：“可是我还有那么多目标来不及实现！”“为什么一定要实现？实现给谁看？给自己看，奋斗进程是因外力阻断，不怪你；给别人看，连‘别人’都没了……更何况大家都很忙，不一定有空儿看。”那年长的说：“可是我儿子大学还没毕业呢！”“你儿子最近在忙什么？”“备考二十二日的英语六级。”“他自己都那么坦然，你又忧患什么呢？”后来过了那天，新闻播放玛雅人欢庆新纪元的场面，转身看到一个QQ好友的签名档写着：“这个没有末日的世界啊！”显然，他不怎么开心，我却不禁笑了，起码岁月别来无恙，人们别来无恙，不是吗！

常常发现，拿对待生活的态度来对待学术是极为不妥的。学问要靠主动地、不间断地追寻——却也未必能够得以近身。所以，但凡思考时的些微触动和醒悟都足以在不短的时日里兴奋不已。自忝列门墙以来，“问题意识”屡屡耳闻，但以往在我这里它只作为“知识”或“方法”而存在，没有真正作为“问题”被重视。直到被诸多译著中的二手西方理论搞得一头雾水，在或宏大繁复的建构或毫末入微的解析中晕头转向之后，猛然发现：钱穆、费孝通、张楚廷，这些不同时代学者的不大符合“学术规范”和“潮流研究范式”的文章竟然把问题说得异常清楚。在识字即可通读的字里行间，在并不吃力的阅读行进中，有力透纸背的清晰真实的“问题”跃然纸上，可以令人如沐春风、如释重负，也可以令人唏嘘不已、汗颜不止。

诚然，以知识为中心的学术像从事搬运工的工作，难免有错误投递和原件损毁的事情发生，间或有意无意的“断章取义”作梗，可能翻译来的西方观点再翻译回去，连老外自己看了都莫名其妙；以方法为中心的学术像从事理货员的工作，纵然摆得如何像极了坦克大炮，总归还是一堆日常用品。而且无法摆脱形式与内容的悖论，大姐，您这是卖坦克还是卖牙膏呢？复杂了形式必然稀释了内容，简化了形式必然繁复了内容。以符号主义为例，一手降低了语言与文化等范畴的神秘度，又一手增加了符号额外的信息负荷，“祛魅”与“入巫”只在一线间。最近已然养成一个怪癖，面对很多文字的时候都想问一句：问题是，“问题”是什么？

校园里的玉兰正值花期，这种花在叶片掉落殆尽之后开放，又默默变成枯叶的姿态守在枝头。在这个谐音“爱你一生”的年份，祝愿钟爱教育事业的人们在坚守中愈加美丽。

…李国华

在2013年的第一天收到您的来信，聆听您的教诲，有太多的感慨。

算是对去年的总结吧，我在微博上宣称：2012年，我要“退步”，具体讲，就是像做生意一样地经営一点“学”术，为自己赚取一份生活的资本。但岁终年末，碌碌之中陡然感到前景的无聊，经眼的繁华在抑郁的心底变成一种尸腐味。2012，末日未降，2013，任重道远！

过去的一年，工作虽有进步，内心却还有不安。

首先，貌似光鲜的职业掩藏着太多的艰辛。有人评价说，在高校任教，工作体面，收入不低，加上又是中层干部，令人艳羡。民办高校有其机制灵活的特点，但缺乏历史积淀，其规范化程度有待进一步提升。在民办高校工作，很多事情都需要靠摸索积累经验，而经验的积累往往需要花费正常工作几倍的时间为代价；同时，一个人承担多项工作任务也是常有的事情。当然，这对个人的职业长期发展是有利的，但我面临的困境是这些琐碎的工作占据了太多的时间，以至于自己独立学习和科研的时间非常有限，在工作之外，我能留给家庭的时间也少得可怜，每天都很忙，几乎没有时间陪伴孩子，家庭事务还多亏妻子打理。我崇尚民国知识分子精神独立、思想自由的气质，向往古代文人酒后茶余的诗情画意，也厌恶这随波逐流的世俗，但自己和家人都把希望寄托在未来，这个未来却有太多的不确定。

其次，在学校待的时间长了，对您的理想主义也略有怀疑。您曾告诉我们说，教育者要首先改变自己，再去影响身边的人，然后再靠身边的人去影响千千万万的人；您曾说教育要传授知识、解决困惑，告诉学生快乐生活、智慧处世、勇敢做事、慈悲待人。但反观现实，我发现我们越来越偏离教育的原旨和本真：各类学校永无止境地在追求办学层次的提升，校园占地面积越来越大，教学大楼越来越奢华，考试名目越来越繁杂，学生追求的证书越来越五花八门，教师却越来越怀疑自己的职业，潜移默化中，教育越来越急功近利。就像钱理群先生说的那样：“我们的一些大学，正在培养一些‘精致的利己主义者’，他们高智商、世俗、老到、善于表演、懂得配合，更善于利用体制达到自己的目的。这种人一旦掌握权力，比一般的贪官污吏危害更大。”大学已经很少谈论理想了，提到这词会让人觉得那么的不合时宜，那么的矫情。可连教育都不再有理想主义的支撑，我们的教育还有希望吗？

理论上讲，教育要提供给我们一种生活的意义，以摆脱平庸和狭隘，发现自己的精神依托和人生之可能。这种追逐理想的过程，可能只是一个无限接近却充满艰辛和磨难的过程吧。

看着您最后一句话，想到上周您在高教院十周年庆时演讲的悲情与豪迈，非常感动。也许，我还被困于现实的迷雾，需要当头棒喝才能醒来。

…徐绍华

读到恩师《2013：不得不说的啰唆话》，颇多感触。我十分感佩董老对学生的谆谆教导，尤其是别开生面的新年寄语更是独具一格，凸显其为师的特立风范。

我十分明了董老发出的警语。在辞旧迎新之际，我亦在思忖：过去的一年，我留下了什么值得留念的足迹？在新的一年，我该开始怎样的征程？在反思之余，我发现了更多的无奈。为了生存，我不得不拼命工作；为了发展，我不得不在白天与黑夜中挣扎。人的一生中有很多选择，也有很多无奈。问题是，在诸多选择中，属于主动选择的事项并不多，更多的是“被选择”。所以，无奈也就应运而生。这就是人生的矛盾。难怪卢梭在追求自由的过程中感慨：“人生而自由，但无往不在枷锁中。”有的人为了逃脱藩篱而金盆洗手，退隐江湖。可事实上，即使退隐江湖后，又有几人感到幸福？套用去年的一句流行语“你幸福吗？”扪心自问，我竟无语回答。如果庆幸在玛雅人的预言中存活，我可以说是幸福的，但问题是，玛雅人的预言本身就是庸人自扰的结果。有的人因不做庸人而众人皆醉我独醒，可事实上，独醒的人也未必幸福。正因为如此，才会有屈原因为独醒而孤独自杀的悲剧。鲁迅曾看清世人的麻醉而又不愿惊醒沉睡于“铁屋”中的庸人，但是最终他还是打破了“铁屋”，放进了清新的空气。我欣赏鲁迅的勇气，但我做不到。所以，我更羡慕出家的高人，但因我道行太浅，只能在精神上望其项背。相较而言，我更喜欢陶渊明的生活，“采菊东篱下，悠然见南山”。道法自然，人何不乐？可遗憾的是，现在的自然已经不再是陶渊明心中的自然，而是一个个污染严重的“墓葬场”和无法摆脱的“名利场”！

于是，在无可奈何之中，我只能寻找平衡，在彷徨中独孤求行。不过，对于恩师的告诫，做弟子的从不敢懈怠。所以，当别人陶醉于跨年狂欢的喧嚣中，我却在和着冰冷的夜风咀嚼来年的“为今之计”，在忙里偷闲的“元旦快乐”中完成我的求学任务。感谢董老的“啰唆话”让我再次清醒。不管有多少无奈可以纠缠，有多少时光可以重来，只要一息尚存，吾将继续独孤求行。

…卫　魏

跨入2013年的元旦，董老的一席啰唆话让徒弟从吃喝、访友、玩乐的元旦生活中突然惊醒过来：曾经的梦想，现在追求起来怎么那么缺少动力和激情？

听了董老的一席话，方知现世中的价值观和人生观仿佛已经把我们同化，大家一起在浊世中混日子，没觉得自己有什么不对，但现在突然觉得：自己可以没有经世济国的大才，但不可无修身齐家的基本素养。穷则独善其身，达则兼济天下。此世无论怎么喧嚣、浮华，自己却要坚守着自己的那一片清明。

所以，董老的啰唆话，在我看来不仅是对徒弟们真心实意的关怀，更是醍醐灌顶的真义的彰显。再次感谢董老的啰唆话，徒弟会谨记“一息尚存，从吾所好！”的鞭策，让自己从浑浑噩噩中醒过来，为自己曾经有过的梦想而努力，为自己喜欢的生活方式赢得更大的自主权！

…刘　亚

董老，新年好！来信反复阅读了多次，字字珠玑，值得慢慢体味。

您一定记得研一时我多么的不自信，我觉得师兄、师姐们都比我优秀，我没有特长。事实上这种想法从我上大学时就开始了，也一直苦于没有突破口。直到有一次看您的讲课视频，一段话给我的内心重重一击，从此生根、发芽。您说，大家都做同样的事，但如果一个人一直坚持做到极致，做到让人感动，他就能够出类拔萃！于是我决心寻找一个我想做好并能做好的事情，坚持下去。于是就有了后来的故事……

您说：“别看刘亚个子小小的，但是内心很坚强。”我说：“因为我心里有个信念。”我不是天资聪慧的人，可我真的想成为一个优秀的人，所以坚持做一件事情，做到极致就是我通往优秀的出路。其实我一点都不坚强，也有脆弱得不堪一击的时候，终究是信念支撑着我走过来了。

上周回校参加院庆，再见我光彩夺目的师兄、师姐们，我已不再自卑，我觉得我找到了自己的立足点。我依然为他人的成就而喝彩、叫好，但我在我的世界里感到很完满。您说得对，每个人都不同，各有各的精彩！

一路坎坷走来很不容易，对恩师的感激之情难以言尽。有人总结教书的四个层次：得过且过—教授知识—感情感化—传递思想。董老当属后者，而我就是受益者之一。自己当了老师才深感教育之伟大，真正的教育是把学生培养成他想成为的人，是给学生一种完满感。尘世喧嚣，不过我的心很宁静。今年新年晚会，留学生们给了我一个巨大的惊喜，让我感动不已。我深深体会到老师从教之乐趣，这也是我继续努力源源不绝的动力。

2013，又是一个新的起点……

…攸志鸿

2013 年的第一天，收到了您的邮件，半是汗颜半是欣喜。惭愧的是新年的第一天忙于生活琐事，没有学习更没有思考，也未能向老师送去新年的祝福。喜的是能够收到您的寄语，读着特别的文字，在深夜里静静反思，过去的一年，我付出了多少，收获了多少；新的一年，又将何去何从。

每一次读您写的文字、听您说的话，总能引发我深深的感触与思考。在这不长的日子里，与您接触的也不算太多，起初的时候有一点惧怕，还有一点紧张，可是在这几次的活动中，您亦师亦友的风格让我逐渐地放松了。高教院院庆那一天，您与我们一起做游戏，就像一个娃娃头，一起欢呼、一起加油，那一刻觉得您不仅是我们的老师，更是我们的朋友，突然之间，就不是那么怕您了。十几年的学生生涯，听到的多是父母和老师对我的要求，“你应该怎么样，不应该怎么样”。于是，我努力地让自己成为一个家长、老师眼中的好学生，工作了又努力让自己成为领导眼中的好员工。然而，在高教院，我感受到了一种自由而随性的气氛，老师会鼓励你引导你，使你思考，让你自信。何其有幸，能够走进云大，进入高教院，成为您的学生。

当我们把自己放在芸芸众生中，放在人类的历史中，生命何其渺小、何其短暂。2013，新的纪元，也是我新的开始，在人生仅有的两万多天里，在这珍贵的一千多天里，用真情去感悟，用行动去践行，认真地活在当下。人生一世，从吾所好，但求无悔。

感谢董老！让我在2013年的开始，就少了八分糊涂，多了九分自警。

…徐　娟

进入玛雅新世纪，收到董老发来的新年“啰唆话”，让我既倍感温暖，又感悟到董老对弟子的警示与期冀。

考入董老门下不到半年，时间虽短，但影响已然醍醐灌顶。董老的侠义风范与快人快语我早有所闻。有幸加入师门之后，和您的每一次交流，或面谈，或电话，或短信，或邮件，总是能给我新的收获，不仅是学术上的提点，更有做人、做事、做学问方面的教导。这种影响和启发是发自根本的，让我逐渐形成了思辨、质疑的思维方式，也让我清醒地认识到了自己的浅薄与平庸。几年没好好读书写作，自信心严重欠缺的我，每次在交流之时，总是能够得到鼓励：不要急。所幸，我持续的考研坚持还是找到了这个学术生命的参照，心向往之会让我“用加倍的努力去为你（自己）选择的生活方式赢得更大的自主权”。

时间过得真快，转眼博士阶段已过去六分之一，真让人有一种紧迫感。实在是有太多的事情要做，太多的知识要积累，积压了太多的书要读。只恨每天太短暂。幸好，有老师的关心与鞭策，让弟子在学问之途上不会觉得彷徨与孤单。

不怕慢，就怕站。许多我们在教学研讨中的话都足够我受用一生。一辈子的时间不长，只要尽心竭力，用知识与思想丰富自己的心灵，不断增加生命的厚度，此生即不会虚度！

…王　颖

2013 走出末日的阴影，迎来了阵阵清新——除了乍寒还暖的天气、维也纳金色音乐大厅传来的经典，最最温暖的是您传递来的新年叮咛。

2012 回学院的日子不多，主动和老师交流的机会也少。老子说：太上，不知有之；其次，亲而誉之；其次，畏之；其次，侮之。我只想说这句话用在表达对学院、对老师的感觉颇为贴切——不知有之，却在心中。离校已近五年，当拜读了老师新作《寻找迷失的象牙塔》和前几日回学院参加了十周年院庆时，才发现这些年来自己从未走远。高教院的三年教会我乐观、从容、努力与平和，而跟随董老的三年则让我体会到了随心所欲与不逾矩、傲骨与适应之间的平衡。这些精神，虽然不曾被日日挂在嘴边，但是却在三年的浸润下驻进了内心，时时会听见它的召唤声，那声音时而微弱、时而强烈，但是无论我听还是不听，它，就在那里，不离不弃。

诚然，五年里为了“生存”我也免不了迷失、急躁、胆怯和妥协，甚至有了放弃的念头。曾为了些“俗不可耐”的举动悲哀叹气，认为自己辜负了老师的期望；也曾不甘心“堕落”，为了去证明自己的脱俗而弄得举步维艰，左右为难。到底应该怎么活成了困扰人生的一大难题。

2012 年南怀瑾先生走了，而他对人生的最高境界的定义“佛为心，道为骨，儒为表”却映入我的脑海。渐渐悟到其实老师的嘱托也是一样，并不是要让我们孤立于世，而是做到外化而内不化。因为内外都化，就是真真地妥协了，懦弱和胆怯只能换来热闹后的悲凉与迷失；而内外都不化，当然桀骜可是未免太过孤单，几个大些的风浪就足以将其淹没，那时壮士尚且不在，又何以言志？我想起老师一次讲座中的话语：“每个人都想做自己喜欢的事情，可是不是人人都有运气一开始就这样？如果不能，就只有先做好自己不喜欢的事，这才可能最后自由地去做自己喜欢的事。”是的，命运既然没有一开始就送一块蛋糕，就应该尝试着去喜欢它送的肉夹馍，同时对蛋糕仍然怀有梦想。就像《少年派的奇幻漂流》里，当少年始终保持着梦想和信仰且懂得了顺服，乐观享受命运的赐予时，最终获得了自己想要的。我想最有勇气的不是那在安静环境中倾听内心的人，而是在嘈杂和混乱中，甚至不得不参与嘈杂时，却仍然听得见也愿意听内心的人。就像拥有真正洁净之心的不是身隐山中，而是隐在闹市。只有融入，才可能超越，跳过融入的超越只是伪超越，对于一个大学如此，对于一个年轻学人亦如此。而我，从今天起就要一步步去接近一个勇敢人的标准。

2013任凭世界每个角落都回荡着“棒子”整蛊的舞蹈，维也纳仍然还是一遍遍叙说着施特劳斯家族留下的经典，如我十年前所见的一样，一如既往。无论时代如何喧嚣浮华而平庸粗浅，无论从外面看起来我们多么“fashion”和“潮”，但是心中仍然住着缪斯，因为我们与您结缘。只要有灯塔，帆船走得再远也不会孤单！

…吴挺立

回忆2012年，感慨颇多。和之前的二十二年相比，生命中的第二十三个年头过得有些风生水起。悲欢离合似乎都浓缩于这一年，所谓的人生阅历小而观之也不过如此了。跳出小儿女的感情纷扰，回到一个研究生的视角看看刚刚过去似乎又尚未过去的一切。

当某一个人或是某一个事物离我们而去，但未走远，还处在“触手尚可及”的阶段时，我们是坚持还是放弃？正当我们惶惶不可终日之时，一句话如同惊雷一般出现，“坚持该坚持的，放弃该放弃的”！乍一听，真如警世名言！仔细斟酌，不由得心生疑问。在当下的一切成为定局之前，我们怎么会知道什么是该坚持的，什么是该放弃的？难道该人该物头上还会标着“坚持”或是“放弃”二字不成？如果真能让我们知晓什么该放弃什么该坚持，那人生还有何趣味？不过是顺着一路的“坚持”标识走下去，又何来百转千回、兜兜转转的佳话？假如一只股票写着“坚持”果真看涨，写着“放弃”的果真一路走低，那岂不是人人都是富翁，到时候教育还有何用，还有谁愿意去工作，只要认识“坚持”和“放弃”四个字不就已经足够？如果说关于什么该坚持什么该放弃都可以一概而论的话，那对什么不该坚持却坚持了、不该放弃却放弃了的我们来说，领悟应该就颇深啦！我们为了职称抄袭、剽窃，放弃了为学做人的根本，我们为了谋取权益而放弃了我们的根本——学术，这些不都是很好的例子？

失恋的人或者是被失恋的人都会有一句自嘲或者是自我安慰的说辞：“以后会有更好的。”初入耳中，的确又是一句“劝世良言”。但是，我们不禁会问：所谓的“更好”指的是什么？人品更好、才华更好，还是对“你”更好？我们姑且不论以后会不会遇到更好的，就算是遇到了，那个所谓“更好”的人就会属于“你”吗？即便属于“你”，那个人就会对“你”更好吗？那个人就会更适合“你”吗？回到教育，当前中国大学的根本问题还是学术和权术交织在这个学术性机构的问题，我们期待更好的组织形式能够出现，能够还大学以“自由”，但是在目前这个局面下，我们是不是不应该等着这个

“自由”的降临而先把手头的事情做好？在那个“更好的”真的到来之前，我们是不是活在当下更实际一点？人要有希望才能活下去，但是不能只靠希望活着，走好脚下的路，那个“更好的”来与不来我们都从容不迫。

2012：末世新年之寄语

亲爱的徒儿们：

传说中的2012终于如约呈现眼前，未来一切依旧不确定，活下去因此更有意义！

为师凝视着你们前行的背影，喃喃自语：有老师管羊吃草，有老师牵羊吃草，有老师圈羊吃草，而我自己，毫不犹豫选择了放羊吃草。因为我相信你们自有吃草的理解力、定力、能力和才情！根据前几届师兄师姐的走势，多少各具风采，人生学术均崭露头角，看来放养策略大体无误！今天环视眼下，为师还是得追问再三：放是放了，你们吃草了吗？吃足了吗？吃对了吗？余世维说：人生最重要的修炼就是“像那个样子！”你们求学期间，我别无他求，只希望你们“像个研究生的样子”！为此，读书、写作、思辨、研讨不可懈怠。以后何为？各有福报。留有遗憾，后悔莫及！研究生者，务必“研究”是也！千万不要沦落为“烟酒生”就好！切切盼望你们用不辜负自己的学业表现来证明我“放”的选择没错！

我意欲因材施教，但你们自己的“材料”备好了吗？人的气质除了天生遗传，读书修炼、为人行事的确他人无法替代。收放自如、厚积薄发、左右逢源的人生少不了日积月累的基石。舍此，人生怎么会有“味道”呢？觉悟的人生，苦不是苦，淡亦非淡！

涂又光先生说："共性是有而不在的，个性是无所不在的。"迄今往后，斗转星移，世事变迁，潮流衍化，价值多元，各领风骚。然归根结底，日子还得自己去过，路必须自己去走。想要潇洒吗？唯有出类拔萃！想要出人头地吗？务必奔跑在前！想要品味甘甜吗？只能先尝苦涩！想要宁静祥和的小日子吗？你不得不靠内在的精神和外在的实力构筑起稳固的足以抵抗外力的屏障。

佛说，一杯水中有八万四千生命。你一口喝下，不就把他们没灭了吗？其实未必，生生不息才是正理，他们无非转化了存在的方式。犹如庄子所言，即生即死，即死即生。说不定哪天宇宙之生灵一张口，地球就灭了。但又有什么关系呢——只要你投入过、充实过、快乐过、珍惜过、体验过，一言以蔽之，真活过！就值了！

徒儿们，一眨眼工夫，师妹变师姐，学弟称学兄，新生成老生。别再说太忙而未及思辨，太疲而没能读书，太松又无人敦促。世事难料，痛并快乐的日子本属常态也不长久！累与充实相随，闲与空虚相伴。别人不学是他们的事，没人敬畏学术是时代的悲哀，但过什么样的日子终究还是自己的选择。毕竟你们已经戴上了研究生的帽子，还是争取名副其实吧！主动探究，时刻反省，勤快笔耕，随时快乐。

职场、社会总是千方百计、有意无意、明里暗里、直接间接地把你变成"别人"！徒儿们需要智觉以免俗套。读懂的书才是自己的书，体验过的情感才是自己的情感，消化了的智慧才会增长新的智慧。我不是常说：生命是若干片段的组合吗？在岁月的门槛上，为师与你们擦肩而过，大家相互塑造一小段，无论如何短暂，毕竟是生命当中独一无二的亮光。

愿与你们共同成长！

…周　宏

敬爱的董老，2012的开元，天气不错，心情亦然。见字不禁会心一笑，因师者的语重心长，因怠慢了2012。

“无为而治”是董老的“牧羊”理念，省去鞭子、绳子和栅栏。没有惩罚、牵制、阻隔，羊儿无拘无束；缺少督促、引导和保护，羊儿不知所措。唯必有才情的牧人，才能驯化羊儿的不羁与钝滞，形成知“止”与“不足”的自觉。董老，您是否得闲枕着山坡数云朵，时而吹起轻快的口哨？是否偶尔也有乱跑的“沸”羊、怠惰的“懒”羊让您暗自神伤？

二十，我接受正规学校教育的年数。“读书”，有字的、无字的，学海无涯、世事沧桑。二十岁的光阴足以出落一个标致的姑娘，可是我的学问呢——实在没有勇气去掀看“她”的模样！所幸，书就在那里，思想的光华与日俱增，随时可阅，只要你愿意。

十二，是时钟、月历、生肖的轮回。哪怕2012注定是另一个轮回的节点，与山川河岳共赴，己身微渺何惜？明了后世人类百思不解的谜底，更是一番窃喜！

去读书了，不负董老“放羊”的深意！

…金寿梅

离开校园，投身职场，转眼沉浮多年。这些年努力工作，难免偶有顿挫而兴起精进专业知能的欲望，然而重返象牙塔却始终是延宕的奢求。何其有幸，缘结云南，云大高教院成为我再次修学之执着选择。

学场之内，云川教授担任我们的博士生导师。其学术渊博、论解鞭辟入里，让我们徜徉学海，悠然无惧。在云大学习的日子里，云川老师又像双翼奋抟的大鹏鸟一般，总是在关键时刻，展翅翼护着来自台湾的徒儿，给我们信心、勇气与力量，引领着我们飞向未知的学海天际。

新春伊始，网络捎来热切寄语，细细咀嚼师长的殷殷期盼，身为学生的我喜忧参半。喜的是有机会重返浩瀚学术殿堂尽情挥洒，忧的是自己是否有能力用成果来验证“走对了路、吃对了草、备足了料”。迎向未来学习历程的漫漫长路，尽管过程充满了荆棘与不确定，我依然深信：在人文丰富的西南春城，在师长们不惮劳瘁、无私贡献之下，我一定可以突破重围，在学习历程中创造出属于自己生命中之亮点。

秉记“诚、新、效、容”的云大高教院院训，我检视过去实践学习的成长印记以及那些涓滴积累的学问成果。仿佛母贝滋养的珍珠，在扇壳里慢慢琢磨，温润饱满而璀璨夺目。面对此刻的丰采，我的内心不胜欣喜与感恩。

我以身为云大的一分子为荣。

…张琪仁

时光太短，羡慕太迟……

时光溜走之后，我们开始追悔莫及，甚至愚蠢地在这一次的追悔莫及中迎来下一次的追悔莫及。翻看去年元旦的新年计划，该看的书是否看完，该做的事是否做完？

我们羡慕著作等身、出口成章、优雅从容、睿智笃定……却总是蹉跎着不愿辛苦努力、接受生活的考验与磨难。所以，我们唯有羡慕，且在羡慕中蹉跎了时光的恩惠！三年前，我也总是如此这般地羡慕别人，而三年后我却更愿意辛苦、努力、磨炼自己，因为这份拿不走的踏实让我遇到更好的风景、更好的人和事。念过的书、写过的字、体悟过的情绪，不可复制，无法代替。因此，我一点点地丢掉了怯生生的自己。

时光太短，与其走在羡慕别人的路上，不如把自己变成自己羡慕的样子，于生活、于学习，亦如此！

董老是个包容、豁达的人，他从不刻意把我们塑造成某个样子，而是根据各自的长处与特性，给予我们机会、鼓励与支持，让我们更好地发展自己，扬长而避短。

感谢恩师，相处一千多天以来，您带我们看到了更远、更真的世界。一低头，遇见更好的自己！

…赵国润

弟子看似聪颖，实则愚钝。自小在应试教育中打滚，仗些许小聪明，背书考试均颇为顺利。然因此而生轻慢之心，所读之书考过便罢，从未深思力行而化为己用。忆先贤诸葛亮所言“淫慢则不能励精，险躁则不能治性”，实是悔痛不及。

至工作之后，所言所行皆随波逐流。虽睁眼却实盲，随大众钻研于“钱”与“权”，心茫茫而不知其所。一切言行，皆依“别人”所教，时刻谨小慎微，依“规矩”而行。一年之内，足迹近及缅甸，远及非洲。物质之所得所受愈丰，内心之迷惘痛苦愈甚。遂决心辞职求学。

弟子之幸哉，得入于云大之高教院，遇众多明师！更有大幸哉，得从师于董老！于点滴濡染之间，渐去世俗之尘嚣。得董老之棒喝，解内心之藩篱。渐得睁开双眼，以自我之真心看世界。从一“真”字始，人生得大快乐！自一“真”字始，治学得初入门！

感谢董老之“放养”！若无“放养”，则弟子无自由之时空以思索自性之本真、人生之真谛。若无“放养”，弟子或将再次迷于忙乱而无法自拔。眨眼两年半硕士学程已过，弟子日常所行之事颇碎，却于点滴间得终生之收获；讨论之言颇浅，却借此而识自身之真薄。若无董老“放养”之自由，则此皆不可得矣！

然虽言之为“放养”，董老一言一行之表率无时不在，董老对弟子之关心与点拨无时不在，弟子从未忘怀！自入学始，便再三叮嘱弟子当读先哲之“经典”。董老之讲座，常携弟子旁听。但有所见所得，无不以邮件短信发与同学分享。日常生活学习之中，董老对弟子之关怀实则片刻未离！

董老乃“人师”，不单于课堂教弟子治学之道理，更以自身言行为表率，濡染弟子做人做事之品行。硕士学业眨眼将过，斯无悔矣。弟子将来之人生，定当依教奉行！按董老所传范曾先生之言：“一息尚存，从吾所好！”

…李迎春

在充满未知而又已然知晓的新年第一天，收到董老寄语。看似简洁的新年致辞，包含了董老对于徒儿们的殷切关怀与无限期望。寒冷冬日里的这份叮咛与嘱咐，让我倍觉透心的温暖。

还记得2004年刚刚踏入东陆园的那个秋天，硕士生迎新典礼上董老关于学术和人生的演讲令我毕生难忘。生平第一次了解到学术的真谛，体会到生命的价值。当时董老的一句话激励我至今：“一个人若把本职工作做好、做精，在工作岗位上你就具有不可替代性；人生亦同理，如果你把自己做大、做强，在人生的道路上你具有主动性，人生就由你自己安排而非由他人安排。”（大意如此）在这句话的鞭策和激励下，我一直坚持学习，希望自己有一天会成长，能成才，正如董老所言“觉悟的人生，苦不是苦，淡亦非淡”。现在，我兼具教师和学生双重身份，倍觉责任和压力。作为辅导员的我，学生工作事无巨细，烦琐而责任重大；登上讲台的我，教学工作严谨踏实，辛苦而意义非凡；作为学生的我，学习任务不敢懈怠，努力而积极进取。真的希望自己可以做到“像那个样子”，不负所望。在过去的一年里，我的人生际遇发生了很大的改变，选择了，放弃了，成功了，失败了，收获了，割舍了，最终还是归于三个字“心不死”。忽然意识到人世间似乎最悲哀的事就是“心不死”，而最庆幸的事亦属“心不死”。度尽劫波心还在，“值”！

也许随着时间的流逝，董老课程中的点点滴滴我会淡忘，但董老的智慧、热情、勇气和慈爱我将铭记于心，此生拜入董老门下，实为万幸，“智如泉源，行可以为表仪者”，董老是也。

…王春绸

人在少年时代好学，就如同获得了早晨温暖的阳光一样，那太阳越照越亮，时间也久长。人在壮年的时候好学，就好比获得了中午明亮的阳光一样，虽然中午的太阳已走了一半，可它的力量很强、时间也还有许多。人到老年的时候好学，虽然已日暮，没有了阳光，可他还可以借助蜡烛啊，蜡烛的光亮虽然不怎么明亮，可是只要获得了这点烛光，尽管有限，也总比在黑暗中摸索要好多了吧。诚然，不爱学习，即使大白天睁着眼，也只能两眼一抹黑；只有经常学习，不论年少年长，学问越多心里越亮堂，才不至于盲目处事、糊涂做人。犹记得去年的最终一月，与云大博士班的同学一起驾着车，拿着报考文件数据，赶着期限最后一天从桃园飞奔到台北办事处报名参加博士班考试的情景。为什么拖到最后一天才匆匆忙忙地报名？因为，心中的挣扎让我犹豫不决、裹足不前；因为，已经念到了音乐硕士，有一份稳定的教职工作，有一个先生疼惜、儿女成双的美满家庭，照理来说，也无所求，攻读博士是一件重大长远的工程，有必要让自己这么辛苦，给自己这么大的压力吗？可是，就像孔子说：吾不如老圃，吾不如老农！因为天下之大，知识浩瀚，穷毕生之力，能学到百分之二三，就已经难能可贵了，所以谈到技术、做人、处事，甚至圣贤之学、科技之学、宗教信仰之学，真是所谓“生也有涯，知也无涯”。终身学习不也是担任教师的必备条件，而“活到老，学到老”，不正是家庭与学校教育中，身教重于言教的最佳模范？于是我义无反顾地从教师变成了学生。

人生的际遇是如此的奇妙，因为教师合唱团结识寿梅姐，因为寿梅姐结缘谢登旺教授，因为谢登旺教授缘识董老，人云：成功是靠许多贵人在不同的阶段相挺、相助，在我的求学生涯中，此语得到了最佳的印证。

是的，人生在世，做什么就要像什么。现在我身为一个博士生，就必须像一块海绵般不断地吸收广博的知识，不停地阅读、写作、思辨、研讨，追求知识的真理，奠定智能的基石，才不会在学海生涯中虚晃虚度。哈佛有一个著名的理论：人的差别在于业余时间，而一个人的命运决定于晚上八点到十点之间。每晚抽出两个小时的时间用来阅读、进修、思考或参加有意义的演讲辩论，你会发现，人生就会发生改变，坚持数年，成功就会向你招手。其实无论我们的收入有多少，应该分成五份进行规划投资：增加对身体的投资，让身体始终好用（运动、休闲……）；增加对社交的投资，拓宽我们的人脉，结识更多贵人；增加对学习的投资，加强我们的自信与智慧；增加对旅游的投资，扩大我们的见闻，放眼国际的趋势；增加对未来的投资，增加我们的收益。逐步落实，我们会发现自己的人生逐步会有大量盈余。某杂志对全国六十岁以上的老人抽样调查，结果“最后悔的事情”位列第一的是：年轻时努力不够，导致一事无成。

感谢董老的耳提面命与龙年期许，弟子定会更积极利用时间，随时阅读、努力写作、不停研讨，在我人生的求学生涯中涂满丰富鲜艳的色彩，也让自己在六十岁时不会后悔感叹。人生，有梦最美，但是也要筑梦踏实，把握当下，对自己负责，才不枉此生。

…强浙华

看到董老的新年寄语，心情既激动又平静。激动是因为见字如面，眼前又浮现您留着小胡子的笑脸，同时因为您带来的灵感，我立即也给自己的学生们写了一份“初三寄语”；平静则缘于您的追问，我因此静静思考反省了自己入校一年半的研究生学习生活。

法国思想家蒙田说过一句话：“老师应让学生在他面前小跑，以便判断其速度，决定怎样放慢速度以适应学生的程度。”您问我：“吃草了吗？吃足了吗？吃对了吗？”从自我检测情况看我大概是排在队伍末端的羊，因此而愧为董门弟子。今天，终于迎来了2012，如您所说这一定是个不寻常的年份，暂且将未来的发生都视作是大自然在展示它那威严无比的形象，准备让我们仔细端详地球母亲脸上瞬息万变的千姿百态，反馈人类对大自然的所作所为，而我也因为您的寄语而开始仔细审视自己——是否真的“像那个样子”？

童年，人生就已开始。从咿呀学语到走进校园，培养我成长的老师队伍由父母二人开始逐年壮大。家中有一张我小时候咧着大嘴的照片，爸爸说那是我初学会走路，一脸得意神情。

从小学到大学，每天总是懂得一些从前不懂的道理，总能学会做些从前不会做的事，觉得越来越充实，生命力越发旺盛。直至走上工作岗位，做学问的胃口渐渐被繁重的工作减弱了，久废不用，自然趋于麻木，读书的幸福感丢失了一大半。好不容易进入了研究生学习阶段，却未能抓住时机认真学习，深感惭愧。您曾经用神奇公式中attitude=100分的巧证提示我们，态度改变人生，态度决定命运。而我自己，常常充满对于学习的态度和激情而稀薄于读书的行动实践，“实践少”然后又归咎于“时间少”，仔细想想还是应了莎士比亚那句话：“抛弃时间的人，时间也抛弃他。”

我不能一无所获，力争在末日来临之前，认真学习让自己不再空虚而体会到学业的幸福。

…李　梅

董老师，每次见到您我就紧张，因为我有教学经历、有基础，可就是没有作品出现。您总是面带微笑、目光殷切地问我：你到底在想什么？你的看法是什么？那时，我也只能用微笑来回应您。因为当时我虽心中发抖、背后冒汗，脑中却依旧空白，因为我也不知道自己在想什么。

一直以来，周围的人都是告诉我：你该怎样做。于是，我学会了按照“别人”的要求，揣摩“别人”的意思，做到“别人”满意。渐渐地，我习惯了这种状态，并认为这就是常态；渐渐地，不用别人费心费力，我也会主动地、积极地向“别人”靠拢；渐渐地，我忘记了问问自己的内心在想什么，忘记了这个世上还有一个“我”，真实的、独一无二的“我”。

我就在这样混沌而又平静地向前走着的时候遇见了您，您用言语和实际行动告诉我做人要真诚、真实，要活出真我；经您在课堂内外的反复追问，我不断反省并渐渐觉悟。我试着叩问内心，查看到“真我”的遗失，意识到自己的问题应该由自己的脑袋决定，您直指内心的点拨已然明示出未来的光景。

回想一年半的学习生活，不仅是求学问道的狭义生活，更是一次次修正自己人生态度、找回自我的广义生活体验，即所谓“不出户，知天下”。您总是说一切都要抓紧，否则就来不及了。在接下来的时日里，请求您继续问出更多让我内心发抖、背后冒汗的问题，这样我就能够在有限的时间内接受更多的熏陶和醍醐灌顶的“棒喝”。

否则，我真的就来不及了！

…徐绍华

拜读董老的新年寄语，颇有感触。作为学生，我亦赞同导师的“放羊之道”。中国古语有“师傅领进门，学艺在个人”之说，乃在强调个人学艺的自觉性。今乃观之博士教育之道，亦多采取放羊之途。不过，放是有原则的，有有意为之，也有无意为之。我支持有意之放，其中之“意”，是有原则、有意图的。放之术有管、有牵、有圈、有导，其中真谛在于管则累、牵则惰、圈则滞、导则活，或管、或牵、或圈、或导，全在于导师放的艺术。

放的另一端是收。收亦有颇多讲究，有紧收、慢收、急收、回收等等，其中或紧或慢，或急或回，亦在导师之功力。功力深厚则收放自如，功力不够则收放不易，甚至有放无收，甚或收不回来。放与收之间还有一段距离，此距离是有而不在的。其长短全在于导师之手与学生之心，导师放得松，学生可能游得远，其距离则伸得长。不过，亦有导师放得松，而学生游不远的，其间距可能出现≤0的情况。我相信，导师的功力有多深，学生的心力就有多远，不过，有时导师的功力与学生的心力之间不一定成正比例关系。因此，放与收的矛盾之间可能是一根实线，也可能是一根虚线……放与收、虚与实便构成了一组对立统一的辩证相依关系，同时又与力（道术）形成了一个稳定的三角关系。

回味董老的“放羊之道”，颇有道家无为而治之意。我想，每个导师“放羊”之最终目的都是希望每个学生“青出于蓝而胜于蓝”。不过，因每个学生的天赋资质不同，虽徒有胜蓝之勇气，亦不一定能游到彼岸。所以，我倡导青不一定非要胜蓝，生不一定非要胜师，浅蓝亦有妙用，悟道亦能成师，顿悟即可成佛。也许多元化的发展更能百花齐放、五彩缤纷。不过，作为学生，学要有学样。为有学样，非得用心。套用费孝通先生的“文化自觉”之说，为学亦有为学之道，其中之道即在自觉之悟与自觉之行。唯有自悟践行，方可由学而生，由生而知，由知而识，由识而道。

总之，导师不是悠闲自在的牧羊人，学生也不是埋头吃草的小绵羊。导师“放羊”意在使学生自觉成“样”。这“羊”与“样”的差别仅在一个“木”字。“木”者，树也。希望导师的“放羊”与学生的“成样”皆如树木的成长成材一样，在阳光的普照与水土的滋养下，生根发芽，开花结果，茁壮成林，妙用成材。

…刘　晶

离开云大高教院已两年有余，新年初始看到导师的祝福寄语，鞭策当下的同时，提起我三年硕士生涯的记忆。您的“人生片段论”广为流传。于我而言，这句话本身不包含任何的价值判断，如果持有享乐型的人生态度，借用这句话可以把纵情声乐阐释得头头是道；如果持有奋斗型的人生态度，同样可以用这句话来鼓励自己的每一次勤劳付出。所以，“片段”本身是无色的，关键看自己要把每一个片段染成什么颜色，最终组合成什么样的画面。

硕士三年实在短暂，对我的成长却意义非凡，因为正是在这个阶段，我不仅获得了知识的增量，同时也学会了自我规划、自我负责。在宽松的教育理念引导下，您会在关键的环节上给予指向性的意见，但路怎么走都是自己选择、自己决定。三年的人生片段要染成什么颜色，画笔最终掌握在自己的手上。值得庆幸的是，这一片段在我人生中充满阳光、积极向上、多姿多彩，其影响力延续至今、指向未来。

也许在社会和他者的影响下，描绘自己人生片段的我们会困惑，片段在多大程度上是自己决定的？这就是做自己，还是做别人眼中的自己的问题。事实上，如您所说，只有“内在的精神和外在的实力构筑起稳固的足以抵抗外力的屏障”，我们才能在最大限度上决定自己的人生。校园为学生提供了储存能量、蓄势待发的空间和条件，学生可以充分利用这短暂的时光塑造自己的内心与外在。尼采说过：“人类是一条污染之流。一个人必须是大海，以便接受一条污染之流而不受污染。”教育就是不断兼收并蓄，把自己的内心变成大海的过程，只有把自己变得如大海般强大，被抛入社会后才能抵御外界的风浪。

“面朝大海，春暖花开！”

…刘永存

从硕士到博士，整整六年，董老与弟子之情谊远非通常言语所能传达！今天偶见董老新年寄语，勾起无限遐想与思念。除却俗言套语，只对“教为不教”感悟几句，以为学弟学妹共勉：

对于攻读教育学专业的研究生来说，“教为不教”已经耳熟能详。然而，熟知并不等于真知。在当今时代，没有一位教师能够教给学生全部的知识。最有效的教育应该是赋予学生以自主学习的能力、激发学生永续学习的愿望，也就是达到真正的“不教”。也正因为如此，为师者皆以“不教”为最高境界。

然而，“不教”必须有前提，教师要“教”得巧妙、“教”得合道。换言之，教师的“教”要符合学生身心成长和发展的规律，符合学生所处教育阶段的内在规律和本质规定。以此观之，“教为不教”并不能作为教师“肆意放养”的根据，相反，却对教师的“教”提出了更高的要求。

从教育发生与发展角度看，“有限度地放养”是必要的，但在学生还不能完全自主、自为时，基于过程评价与成果导向的监督亦不可或缺。

学生从“需要教”到“不需要教”、从“迫于任务而学”到“积极主动地学”，会经历一个十分艰难的过程。在此过程中，导师的“积极引导”会帮助学生找到学业“上水平”的突破点。导师如果不会导，学生往往会停留在“临界点”上，长时间无法突破。意志坚强的，会坚持；意志不坚强的，就会自弃。因此，导师有方法、有取向性地“导”和“教”是学生走向“不需教”的助推器。当然，古今中外颇有一些无师自通的天才式人物。然而，我们必须清醒地认识，这样天才式的人物毕竟是小概率事件。大多数人在学术进阶的路途上需要导师的“谆谆善诱”，也需要教师在迷茫和身陷困境时“当头棒喝”，产生突然间的“顿悟”，进而打通通往更高学术殿堂的“任督二脉”。事实上，这也吻合老子“从有为到无为之道”。俗语所讲“扶上马，送一程”，事实上也暗含此意。

从“教”向“不教”进发的过程中，如果师与生能够建立心灵的默契，旅途的时间就会大大缩短。共同学习乃是心灵产生共鸣最好的途径之一。比如，共同研修一本名著、共同开展一项课题研究。正是在这种共习、共研中，学习成为一种心灵的共在，教与学成为师生的生命叙事。师生之间的“教”与“不教”也因此而打上烙印，此所谓“师门家风”。因此，许多名师门下，学生数百，个性迥异，成就领域分殊，却有着共同的“精气神”。这种“精气神”才是“不教”之精髓！

毕业出门，回首凝望，董老显然深得此道！

汇聚师徒间十年的元旦对话。不修改，存原貌，权作时光证据。

参与笔谈的研究生名单（按入学云南大学、师从董云川教授时间为序）：

· 刘永存，2004 级硕士，2007 级博士；湖北第二师范学院副教授，教师教育学院院长

· 王项明，2005 级硕士；清华大学博士、博士后；西北师范大学教授，副校长

· 王　颖，2005 级硕士，2013 级博士；昆明理工大学马克思主义学院副教授

· 李国华，2005 级硕士；云南理工职业学院副教授，副院长

· 卫　魏，2005 级硕士；云南大学在读博士；云南大学党史校史研究室办公室主任、宣教部主任

· 刘　晶，2006 级硕士；湖南师范大学博士，华东师范大学博士后；华东师范大学教育学部副教授

· 刘　亚，2007 级硕士；西南财经大学国际学院教师，2020 年辞职创业

· 梅晓芳，2008 级硕士；昆明工业职业技术学院副教授，院办副主任

· 沈云都，2008 级博士；东南大学哲学与科学系博士后，云南大学民族学与社会学学院博士后；云南农业大学人文学院副院长

· 张琪仁，2009 级硕士；中央民族大学博士；云南大学高等教育研究院助理研究员

· 赵国润，2009 级硕士；大理铭初教育小学教师

· 杨翰馨，2009 级硕士；云南国土资源职业学院教师

· 徐绍华，2009 级博士；昆明理工大学教授

· 李　梅，2010 级硕士；自由职业者

· 强浙华，2010 级硕士；云南师范大学实验中学地理高级教师

· 周　宏，2010 级博士；云南大学高等教育研究院副研究员

· 李迎春，2011 级博士；云南大学马克思主义学院教师

· 金寿梅，2011 级博士；台湾桃园市同德国民小学辅导主任 / 候用校长

· 王春绸，2011 级博士；台湾庄敬小学教师

· 攸志鸿，2012 级硕士；云南交通职业技术学院教师

· 黄艳妮，2012 级硕士；云南师范大学在读博士；云南经济管理学院讲师

· 吴挺立，2012 级硕士；云南大学职业与继续教育学院讲师，团委书记

· 徐　娟，2012 级博士；昆明学院教师

· 李　宁，2013 级硕士；中信银行公司银行部职员

· 李　雪，2013 级硕士；普洱学院教师

· 王　欢，2013 级硕士；自由职业者

· 邱学华，2013 级硕士；消防高等专科学校二级指挥员

· 范益民，2013 级博士；河南财经政法大学马克思主义学院副教授，概论教研室主任

· 张志贤，2013 级博士；台湾桃园县大园乡公所民政课原课长

· 黄湘超，2014 级硕士；湖南工业职业技术学院讲师、辅导员

· 宋亚萍，2014 级硕士；西安交通大学在读博士

· 卢　颖，2014 级硕士；重庆工程学院人文教学部讲师

· 于秋月，2014 级硕士；云南师范大学在读博士；云南师范大学教育学部研究生教学办公室秘书

· 查文静，2014 级博士；昆明理工大学马克思主义学院讲师

· 代　斌，2015 级硕士；华中科技大学教育培训学院教师

· 张樱凡，2015 级硕士；云南交通职业技术学院教师

· 唐艳婷，2015 级博士；云南大学马克思主义学院讲师

· 许　莹，2015 级博士；昆明理工大学国际学院讲师

· 白文昌，2016 级硕士；宜良县北古城镇人民政府党政综合办公室主任

· 林苗羽，2016 级硕士；南京师范大学在读博士

· 周炎秋，2016 级硕士；中国春来教育集团执行董事助理

- 谢　飞，2016 级硕士；云南师范大学助教、专职辅导员
- 施丽莎，2016 级硕士；云南省昭通市昭阳区北闸中学美术教师
- 沈　楠，2016 级博士；云南大学马克思主义学院讲师
- 刘　爽，2017 级硕士；贵州省盘州市响水镇党政办科员
- 杨腾燕，2017 级硕士；西南大学在读博士
- 赵宇琦，2017 级硕士；中南民族大学在读博士
- 林　湉，2017 级硕士；福州市台江区上下杭幼儿园二级教师
- 李保玉，2017 级博士；曲靖师范学院讲师
- 冀　凡，2018 级硕士
- 林敏儿，2018 级硕士
- 王翔宇，2018 级硕士；云南交通职业技术学院讲师，团委副书记
- 吴晓鹏，2018 级硕士；中山市纪中三鑫双语学校初中二级教师
- 曾金燕，2018 级博士
- 韦　玲，2018 级博士；云南师范大学马克思主义学院副教授
- 苏　敏，2019 级硕士；昆明卫生职业学院讲师，思政部部长
- 常楠静，2019 级博士；云南农业职业技术学院讲师，人事处副处长
- 刘　静，2020 级硕士
- 冉雪丽，2020 级硕士
- 尹晓慧，2020 级硕士